A ÚLTIMA CABRA

A ÚLTIMA CABRA

* * *

Lucas Verzola

MANIPULAÇÕES

1ª reimpressão

Supervisão editorial
Marcelo Nocelli

Editores
André Balbo, Arthur Lungov
(Revista Lavoura)

Revisão
André Balbo, Arthur Lungov

Imagem de capa e p. 2
iStockphoto

Imagem interna
Ninil Gonçalves (Tabuleiro de Bagha-Chall de Lucas Verzola)

Design e editoração eletrônica
Negrito Produção Editorial

Dados Internacionais de Catalogação na Publicação (CIP)
Bibliotecária Juliana Farias Motta (CRB 7-5880)

Verzola, Lucas
A última cabra: manipulações / Lucas Verzola. – São Paulo: Reformatório, 2019.
136 p.; 12 x 18 cm.

ISBN 978-85- 66887- 53-2

1. Contos brasileiros. I. Título: Manipulações.
V574u CDD B869.3

Índice para catálogo sistemático:
1. Contos brasileiros

EDITORA REFORMATÓRIO
www.reformatorio.com.br

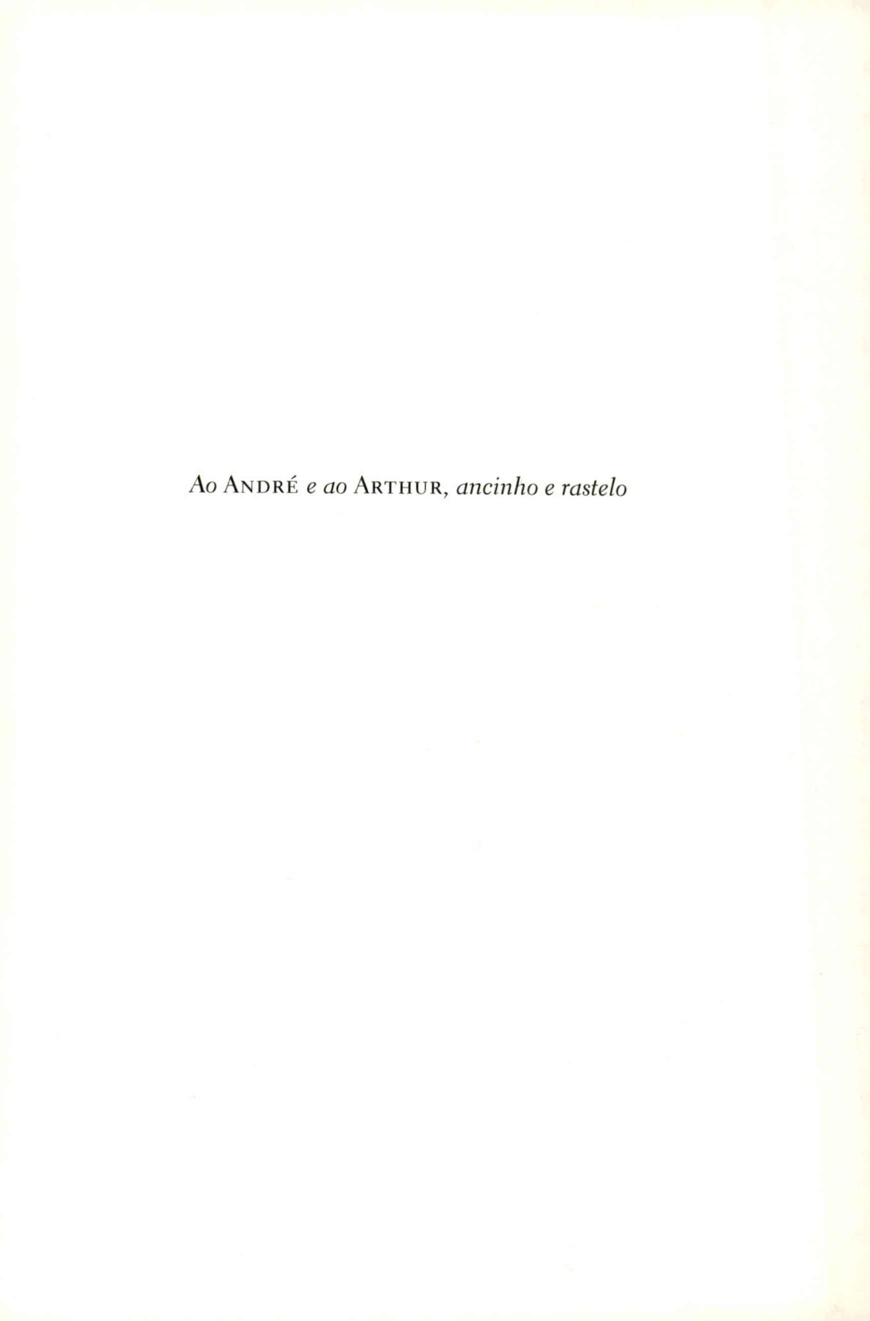

Ao ANDRÉ *e ao* ARTHUR, *ancinho e rastelo*

Sumário

"Havia alguma coisa de errado, sim, de fundamentalmente errado, sim. Se descobrisse o que era, estaria salvo."

FERNANDO SABINO, *O encontro marcado*

"[...] com os mesmos olhos amenos assistir à manipulação misteriosa de outras ferramentas que o tempo habilmente emprega em suas transformações [...]."

RADUAN NASSAR, *Lavoura arcaica*

Doses de conhaque e uma dança para garotos na bancarrota

* * *

"Lee a los poetas surrealistas y no entiende nada.
Un hombre pacífico y solitario, al borde de la muerte.
Imágenes, heridas. Eso es lo único que ve."

ROBERTO BOLAÑO, *Últimos atardeceres en la tierra*

"DEZ CONTO não faz diferença pra ninguém", Guilherme murmura enquanto aquele seu velho olhar de maníaco acompanha a máquina engolir mais uma nota. Nunca se importou em dever dinheiro a ninguém ou não repetiria a frase – até uma semana atrás morava numa espelunca de paredes emboloradas, dividia o quarto com sujeitos da pior estirpe e ainda extorquia a ex-mulher moribunda para completar o aluguel. Aperta o botão vermelho cheio de luzes mais uma vez e vê surgir na tela quatro cartelas com quinze números e trinta e três bolas: o sorteio da rodada. E como o bicho é sortudo. Depois da terceira tentativa com a figa armada, o caça-níqueis cospe, em fichas, duzentas vezes o montante investido. "Não falei que essa daí tava quente?", triunfa, fazendo com que Rodrigo se lembrasse da teoria de que o melhor lugar para sentar num bingo era aquele cujo cinzeiro mais próximo esteja lotado de guimbas, pois ocupado por muito tempo por um apostador compulsivo que esquentou a máquina. De compulsão, ele entende.

Sem soltar o fôlego, Guilherme sussurra que vão torrar o dinheiro na mesma noite. "Grana de jogo é pra se gastar com putaria." Rodrigo, que deixou escapar apenas monossílabos desde que entrou no velho Chevette, concorda resignado a tudo que o outro planeja. Serpenteiam pelos estreitos corredores esfumaçados à meia-luz até o caixa, onde trocam as fichas por notas baixas. Enquanto Guilherme faz o câmbio com desconfiança, tem as costas vigiadas por Rodrigo, que cruza os braços feito segurança para satisfazer aos caprichos do parceiro. Antes de partirem de vez, perdem mais vinte mangos em uma aposta suicida dissimulada por um Guilherme paranoico: último ato de uma farsa apresentado aos espectadores que só existem na sua cabeça. Os infelizes nas máquinas não se interessam por nada além do próprio azar. Pegam o elevador no átrio. Contrastando com o luxo decadente do cassino à brasileira, a cabine parece pertencer a um armazém portuário, toda revestida por uma capa protetora infestada de ácaros contra a qual Rodrigo é empurrado de surpresa pelos punhos ossudos de Guilherme. "A gente vai foder pra caralho hoje, moleque." Apenas sua rinite reage. Embora agora se veja obrigado a conviver com ele, nunca soube muito bem como responder à altura do pai.

Não há pavimentos entre o térreo e a garagem subterrânea, porém a descida parece não ter fim. O constrangimento e a falta de sintonia retardam a passagem do tempo. Quando desembarcam, respiram aliviados. Nem um nem outro sabem qual a última vez em que tinham visto tanta grana. Estão felizes, é inegável, no entanto encaram a felicidade cada um à sua maneira. Rodrigo, aflito, não sabe o que esperar do que vem a seguir. Já Guilherme escancara tanto o sentimento que chega a ensaiar passos de Fred Astaire tamanha a empolgação. Tira o molho de chaves do bolso, rodopia no indicador e destranca a porta. Se estende no interior do veículo para erguer o pino da porta do passageiro. Enfim, ambos deixam o corpo se acomodar nos bancos. Guilherme faz menção de abrir o quebra-sol, contudo desiste ao cair em si de que estava ao lado do filho. Faz anos que ele sabe que lá é seu esconderijo para farinha, mas, mesmo assim, nunca cheirou na sua frente. Põe a mão no joelho do moleque, faz mais uma daquelas promessas tão vazias quanto fungíveis entre si, e volta a se empolgar com a noitada pai-e-filho.

É mais um daqueles verões insuportáveis. Vagam pela avenida beira-mar com a indiferença dos que desistiram. O bafo repleto de maresia desmancha o cabelo e mela a cara de Rodrigo. As luzes de vapor de sódio pouco dão conta de iluminar as vias nesse início de madrugada. Encostam o carro e descem em direção a um quiosque que funciona até depois de horas. Guilherme pede duas cervejas e, no tempo em que toma mais três, Rodrigo apenas deixa a sua esquentar. "É só o aquecimento, fica aí enquanto vou buscar um troço que esqueci no carro."

Foi cheirar, o filho da puta.

Rodrigo, mordendo a parte interna da bochecha onde se aloja uma afta eterna, lembra bem quando descobriu o vício. A mãe achincalhava o pai para o namorado numa devolução tardia da visita de final de semana. Se meteu na discussão conjugal para defender o ausente. Disse que nunca o compreendera porque ela não conseguia sair do mundinho quadrado em que vivia. De reflexo, um tapa na boca, que, cortada pelo aparelho dentário, inchou e começou a sangrar. "Ele não passa de um cheirador, seu ingrato. Batia na tua vó, batia em mim, batia em você, torrava a grana toda em pó."

Guilherme vai direto ao caixa para acertar o gasto e postergar o contato com o filho, na ilusão de que alguns minutos seriam suficientes para dissipar os efeitos imediatos da cocaína. Gesticula agitado. Rodrigo sabe que deve estar contando alguma de suas histórias de sempre para um funcionário desinteressado. Penteia o cabelo para trás. Lambe o indicador para passá-lo pelas sobrancelhas. Mira o relógio de pulso e conclui que deu sua hora. Vacila até a mesa, acaricia a nuca de Rodrigo e fisga um chumaço de cabelo para provocá-lo. Seguem, enfim, para o destino que o pai reservara ao filho desde sempre, ainda que só agora Rodrigo seja capaz de compreender o plano traçado.

Enquanto trafegam pelas vias que os levarão ao bairro do meretrício, Rodrigo observa de soslaio o sujeito que um dia admirou. Se suas escolhas não lhe são mais um espelho, ao menos o estilo do pai segue invejável. Usa uma camisa de linho com os dois primeiros botões abertos, expondo cordões e os pelos do peito. A mão direita segura o volante sozinha para o braço esquerdo repousar além da janela. Fuma um cigarro atrás do outro com soberbas tragadas e solta a fumaça em jatos garbosos. De tempos em tempos dá uma espiadela no filho e lhe oferece a metade esquerda do sorriso do Gato de Cheshire. Seguro de si como se fosse o dono do mundo, Guilherme não é dono nem do próprio nariz.

Passam na frente de um hotel vagabundo que se chama Ritz. Rodrigo sorri melancólico. Pensa em comentar a ironia com o pai, porém desiste com receio de que ele não seja capaz de compreendê-la. E se amiúda, constrangido, como se tivesse obrigação de se envergonhar por a essa altura da vida saber mais que seu pai. Tenta se empolgar como o velho, quem sabe demonstrando alguma forma de admiração consiga retomar o caminho pela senda atávica de que se desviou. Resolve pedir um cigarro e Guilherme, desconfiado, estende o maço. As mãos trêmulas têm dificuldade para filar. Guilherme, dando linha ao sarcasmo, pergunta se o filho precisa de fogo e, antes mesmo da resposta, já aproxima a chama de um Bic. Rodrigo suga o ar pelo filtro e emenda um acesso de tosse. "Tua rinite não atrapalha pra fumar?" A reação alérgica se perpetua e Guilherme encosta o carro preocupado. Com afeto, se aproxima do filho, dá tapinhas em suas costas e o abraça. Joga fora o cigarro de Rodrigo e decide não mais fumar durante a noite. "Tá mais calmo? A gente já já chega!"

De fato rodam só mais poucos quarteirões. A essa altura, a paisagem urbana já mudou da modernidade não planejada para a decadência crua. Os prédios remetem a outras épocas, e o dinheiro que poderia ser usado para preservá-los como patrimônio histórico é investido em letreiros de neon. Apesar de próximos do destino, demoram a alcançá-lo. Nas estreitas ruas do bairro, passa um carro por vez e as filas são longas. As putas e travestis agravam o desconforto de Rodrigo, que evita olhá-las encarando o porta-luvas. Guilherme, que aproveita a lentidão do tráfego para tentar se aproximar do filho, assegura que não há com o que se preocupar: "Aonde vou te levar não tem puta feia nem veado."

Rodrigo já esteve outras vezes na região, mas sempre de dia. O movimento noturno é diferente a ponto de transformar o local em outro. Enquanto o sol ilumina suas ruas, repartições públicas funcionam a todo vapor. Porém, mal os sinos da matriz soam seis vezes consecutivas, os prédios são esvaziados, deixando o Centro abandonado aos seus fiéis habitantes. Com o passar das horas, sobretudo aos finais de semana, forasteiros se aconchegam e buscam o conforto das bebidas e os colos de quem lhes oferece mediante paga. Guilherme é um *habitué* da vida noturna. Bares, bilhares, pensões, prostíbulos: seria capaz de elaborar um catálogo dos principais estabelecimentos de diversão. Nem mesmo a pindaíba era empecilho para se entreter. Além dos tradicionais empenhos e penduras, Guilherme se via, com regularidade, envolvido com agiotas, onzenários, usurários, bem como era conhecido pelas apostas arriscadas com o dinheiro que não tinha, não poucas vezes se metendo em brigas e quase sempre levando a pior.

A sorte parece acenar de novo com uma vaga em quarenta e cinco graus junto a uma praça, perfeita para estacionar o Chevette. Quando Guilherme embica o automóvel, surge, não sabem de onde, um camarada segurando um caixote com impropérios na ponta da língua. A vaga é sua: "Custa vinte pratas pela noite toda; dez conto até meia hora." Guilherme nem pensa em desafiá-lo. Aprendeu há muitos anos a respeitar a ética dos ambientes situados fora do albergue das leis oficiais. Entrega com certo prazer uma nota de dez e avisa seco, sem deixar espaço para retruque: "se ficarmos mais do que meia hora, te dou outra."

E não há por que não ficarem.

Se nem nos dias de dureza costuma voltar cedo para casa, o que dizer dessa noite? Com grana, com o filho. Com o filho! Caminha ao seu lado com a mão apertando-lhe a nuca com solidez. Alterna confissões ao pé do ouvido com vantagens contadas até aos postes. Contudo, entre palavras soltas, não deixa de gastar com o filho os melhores trunfos. Ele é seu maior interlocutor, é pensando nele que tudo deve se desenvolver ao longo da madrugada. Por isso ronda feito abutre, calcula a bicada, tenta sentir a sua receptividade e só quando confia na letalidade da decisão, cutuca para furar a carcaça de fleuma do menino. A mãe fez um ótimo trabalho. Foi eficiente naquilo que se propôs a fazer: no final das contas, criou o filho sozinha e, portanto, não deixou barato para o pai, que precisa muito lutar para recuperar a reputação esfacelada. Porém, como conquistar o filho se seu arsenal é incapaz de fazer um mero arranhão? Aquilo que comporia um mosaico de suas maiores qualidades em nada chama a atenção de Rodrigo. "Tá vendo essa fila aí? É nesse lugar que vamos, mas, antes, molhar a goela no boteco do Bigode ali atrás. Não é porque estamos com grana que precisamos pagar vinte conto num conhaque no começo da noite."

Rodrigo respira fundo. A cilada seria muito menor se tivessem torrado a grana toda no caça-níqueis. Quem sabe a noite tivesse terminado horas mais cedo, e a essa altura já estaria atrás do computador ou na cama, não precisando arrastar a convivência forçada com o pai. Guilherme é, de fato, um bom leitor de situações. Tudo que acha que o filho pensa de si é verdade. Nunca perdeu de vista o momento em que a imagem do herói fora substituída pela do coitado, mas nem se recorda de como foi um dia admirar seu pai. Também é verdade que não se lembrava de tê-lo visto tão feliz quanto na noite de então. É a grana.

"É meu filho."

"Cresceu pra caralho."

E Guilherme paga uma dose de Cynar para o amigo de balcão. "Já te contei que meu tio foi no lançamento dessa bebida de merda? Desde que fiquei sabendo, pago uma dose pros meus amigos mais filhos da puta. Rodrigo, não fica aí longe não, deixa eu te apresentar o Carioca puta amigão."

Pelo menos o pai agora tem alguém com quem dialogar. Embora não o tenha mais como referência, Rodrigo ainda se importa com sua figura miserável. Imagina Guilherme velho, bigode e suíças brancas, enfermo, driblando os cuidadores do abrigo público de idosos para fumar e se surpreendendo, na calçada, pela visita do filho com o neto numa tarde de domingo. Entretanto não consegue decidir se tal visão é mais plausível que a de seu sorriso satisfeito a admirar o pai estirado no chão do bar, com nariz arrebentado por um golpe do grosso copo de conhaque que Rodrigo fingira pedir um gole para experimentar.

"Toma um gole, moleque." Consente sem afeto. O destilado de alcatrão queima sua garganta virgem e a careta, que tenta disfarçar em vão, é inevitável. Mesmo assim gosta da bebida e não devolve o copo para Guilherme, que pede mais uma dose, satisfeito com o filho. Divide, agora, a atenção entre Carioca e Rodrigo, que não se importa com quem o pai se distraia, contanto que siga pagando sua bebida. Os causos de Guilherme, no entanto, não parecem envolver tanto Carioca, que o interrompe a cada frase com uma nova lembrança, uma história melhor. Está mesmo contente com um novo empreendimento, que define como uma revista pornográfica ultrarrealista, cujos modelos só ficam sabendo que estão sendo fotografados depois do ato. "O público tá cansado dessas coisas de mentira. Tem que ser pra valer, com um povo bem devasso e, de preferência, sem grana, que só depois fica sabendo das fotos e autoriza a veiculação. É tiro e queda. Você tem que ver os cornos vendo a mulherada dando pra cada negão..." Dessa vez é Rodrigo que, com um arroto de conhaque, quebra a linha de raciocínio do intruso: a desforra contra as interrupções ao pai.

Guilherme estica o pescoço até a rua e observa a movimentação. Conclui que é hora da saideira. Paga mais uma dose para cada um antes de se dirigirem à boate. Quando lá dentro, os três já interagiriam bem com os inibidores sociais diluídos em álcool.

A boate escolhida por Guilherme poderia ser confundida com qualquer outra do bairro. Um imóvel amplo do século XIX adaptado para receber mesas e pistas, com iluminação parca para esconder a imperfeição das mulheres que, em pontos mais nobres da cidade, teriam sido aposentadas. Usam colônias de aroma enjoativo, que se amalgama com o cheiro de gelo seco que abunda por todo o ambiente, fazendo com que gargantas arranhem. Pançudos de meia-idade, malandros de ponto de ônibus, parafílicos de todos os gêneros e enjeitados se misturam em melancólica coreografia. Para os três novos visitantes, o balcão do bar é o alvo óbvio. Guilherme pede uma dose de Natu Nobilis on the rocks para si e mais uma de conhaque para Rodrigo. Carioca, através de um pedido disfarçado de chiste, ganha uma de Campari com laranja, mas entende que a fonte está secando. Se afasta da dupla e se baralha com o público. Menos de um minuto depois, já é abordado por uma moça que o chama para dançar. Pai e filho sozinhos de novo. Guilherme exibe o rebento com orgulho para garçons e garotas. O que seria o fantasma do constrangimento não tem mais forças para exercer influência sob Rodrigo, que se vê à vontade com o pai pela primeira vez em muitos anos.

Escolhem uma mesa perto da porta que leva aos aposentos. Observam o movimento enquanto bebericam suas doses. Uma garota senta sem ser convidada. Pede uma bebida, oferece uma dança. Guilherme aceita. Rodrigo, muito zonzo, apenas acompanha o pai para uma minipista que instantes antes passava despercebida. Se assusta, primeiro, com a aproximação inesperada de Carioca, que se senta ao lado dos amigos sem cerimônia. Depois, a música do Joe Cocker o tira de uma espécie de transe durante o qual seu olhar se fixava num ponto luminoso qualquer. Se alguém esperasse um striptease se frustraria com o fato de a garota já começar a dança seminua. Senta no colo de Guilherme, que a segura pelas ancas e funga seu cangote. Ele leva jeito para a coisa: os pelos das coxas descoloridos de blondor se arrepiam, e a moça solta um gemido sincero para logo mudar de colo. É a vez de Carioca. Antes de levar as mãos à calcinha, o camarada é advertido. "Sem dedar, grandão!" E a orientação é obedecida até quando Carioca aguenta – não o bastante para garantir uma dança tão vagarosa quanto a que Guilherme recebeu. Por fim, Rodrigo. "Ganhou uma mais demorada graças à brincadeira do teu amigo."

Carioca não é seu amigo. Nem sequer entende a tolerância de seu pai com o impertinente que faz questão de acompanhá-los. Não só sentado entre eles, como também empatando mais ainda a relação. Apesar de o cérebro estar a pique, as mãos de Rodrigo não sabem o que fazer quando a garota se posta em seu colo. "Deda o cu dela, moleque!", sugere o vizinho.

Rodrigo salta da cadeira e derruba a moça no chão. Ela e os demais ficam atônitos e ele parte para o bar. "O moleque é retardado, seus bostas? Acabou a porra do show pra vocês também.", reclama com a mão direita no cóccix. Guilherme e Carioca se entreolham e nem consideram reclamar – mais pela aproximação de um leão-de-chácara do que por condescendência com a dançarina – e o segundo resolve abandonar o barco de vez, não sem antes propor ao companheiro: "Paga uma puta pro teu filho, que ele tá precisando, meu chapa."

Cotovelos apoiados no balcão, Rodrigo custa a conseguir mais um conhaque. Se embanana com a ficha de consumação, com o pouco dinheiro que leva na carteira, com a própria língua, que pesa dentro da boca. Sua muito. Os tênis de corrida apertam os pés. A camisa de flanela por cima da camiseta preta da banda favorita já faz hora-extra e os cabelos, cujo corte venceu há meses, impedem qualquer refrigeração aérea. O álcool no corpo é mero detalhe. De copo na mão, põe reparo na dinâmica do espaço. Moças de sorriso triste disputam a atenção de homens que se comportam mal, gritam bobagens, contam vantagem, para, em seguida, minguarem o semblante e submergirem em seus tragos. Vê o pai em cada um deles. Um canalha falastrão, que guarda em si a melancolia de uma humanidade massacrada. Um sujeito que abandonou a família, não se nega, mas que também nunca tivera referencial algum sobre amor. De alguma forma, acredita, esse cara também não sabe como reagir diante dos eventos recentes.

O mal-estar que paira sobre Rodrigo desde que pôs os pés na calçada o envolve de vez e seu corpo moço reage numa golfada. Ele tenta impedir o fluxo cerrando os lábios e levando a mão à boca para conter a pressão, mas o jato é lançado entre os dedos. Sente um alívio, ainda que siga cansado. Ziguezagueia até o banheiro, tentando desviar de ombros e de bitucas de cigarro que repousam entre dedos cansados, se esforçando para preservar a mão emporcalhada do contato com outros corpos. Escancara a porta do lavatório e segue direto para a pia. O chão encardido de mijo motiva mais um enjoo, dessa vez seco. Tosse com gosto, pigarreia em vão. Cospe uma saliva árida e encharca o rosto com água. Encara os olhos vermelhos no espelho. Penteia o cabelo para trás. Lambe o indicador para passá-lo pelas sobrancelhas. Respira fundo, moleque.

Mal volta ao fervo, Rodrigo é surpreendido por uma pegada forte em seu braço e chega a cerrar os punhos em reflexo. Relaxa quando percebe que é Guilherme, ao lado de uma moça, que o interpela. "Por onde você se meteu? Tenho uma surpresa pra você, o Carioca... Vê se gosta da Joyce." Não é possível distinguir se o que o moço revela é relutância ou incompreensão, no entanto aceita o presente. Apesar dos pesares, não dá para negar que bonita a moça lhe parece. Sem dúvida alguma destoa do perfil de suas colegas, mais ou menos velhas, mais ou menos gordas, mais ou menos feias. Rodrigo não é bobo, porém seu raciocínio não funciona na potência máxima. Quando termina de processar a oferta do pai, já está de braços dados com Joyce, que o guia por atalhos entre a multidão. Cruzam uma porta pesada, que corta o som alto e muito bem poderia levá-los a uma saída de emergência, e estão na ala reservada aos aposentos. É evidente o contraste entre a pista arrumadinha e o novo ambiente, quase um beco de filme noir. Sobem uma escadaria malconservada; ladeiam paredes umedecidas e emboloradas, que não conhecem uma demão de tinta desde a primeira vez que foram pinceladas, rumo ao quarto que Joyce reveza com outras duas meninas. É uma suíte acanhada, só cama-e-cômoda, a lâmpada sem lustre pendurada num fio à mostra cheio de remendos de fita isolante saído dum buraco no teto, mas ainda assim é a melhor da casa – para as melhores garotas. A Rodrigo é apresentado o catre enquanto sua parceira pede licença para ir ao banheiro. Sentado com meia bunda na beirada do colchão, tem dificuldade para desamarrar os cadarços e se sente aliviado quando consegue se livrar dos tênis. Descalça as meias fedorentas e tira a camisa, mas preserva jeans e camiseta ao sentar na cama. A exaustão ensaia uma aparição. Resistindo ao peso das pálpebras, Rodrigo repassa as últimas horas – momentos que não se parecem com nada que vivera até então – e aposta que nem mesmo seus colegas que se dizem mais marginais tiveram acesso a algo parecido. Foi conduzido por inúmeras biroscas, muquifos e pardieiros pela mão tenaz de Guilherme. Sua mãe nunca acreditaria em guinada tão radical entre um e outro sábado. No anterior, Rodrigo viu a madrugada correr pela tela do computador, organizando discografias de bandas de rock progressivo. Por que fora retirado de seu leito confortável? Um leve assobio: Joyce o observa da soleira do banheiro. "Eu cobro por hora, se você não tá ligado.", e se aproxima. "Da hora a peita, querido, minha mãe vivia ouvindo esse disco da banana, mas acho que é melhor a gente tirar." As unhas compridas da moça roçam em volta do umbigo do cliente causando arrepios. O corpo de Rodrigo não custa a entregar a informação que guarda codificada, longe de todos. "Teu pai não sabe que cê é virgem, né? Ele me falou pra tomar cuidado com teu fogo, moço." O tremelique sacode até a cama e Joyce sorri. Desnuda-o antes de ela própria tirar o pouco de roupa. Percorre com a língua trajetos impensáveis pelo menino, que evita o contato visual e admira apenas de esguelha o ardor da moça. "Tua pica é bacana, cara, mas vê se tenta se concentrar." O pito surte o efeito contrário e qualquer tentativa de excitá-lo é tiro n'água. O de Rodrigo não é o primeiro pau mole que ela chupa, então Joyce tira de letra. Sabe lidar com a frustração melhor do que com a língua dormente e o maxilar com cãibras depois de quase meia hora com o bicho na boca. Os olhos nem precisam ir ao relógio para sentenciar: "Deu tua hora, moleque, pode cair fora. O segredo eu guardo, fica sossegado."

Rodrigo se cobre com o mínimo e leva o resto da roupa embolada para o corredor. Encosta a testa na parede gelada. Só não chora porque a ânsia antecede as lágrimas e o vômito não pede passagem pela segunda vez na noite. Em doses cavalares, a lavagem é vertida no rodapé. Joyce, se não prestar atenção, pisoteará a amarga vingança. O menino tosse mais um pouco, termina de se vestir, limpa o rosto com as mangas e tenta se reorientar pelo caminho de volta, que trilha a passos trôpegos. Quando chega ao salão, mal reconhece o lugar. As luzes principais foram acesas e a música, emudecida. Não custa a encontrar seu pai – um dos poucos gatos-pingados que povoam as mesas remanescentes –, macambúzio, manuseando o maço de cigarros. Ao notar a aproximação do filho, se levanta e o puxa para perto de si. Grudam testa com testa e ficam nessa posição por alguns segundos, até Guilherme beijar-lhe a orelha esquerda prometendo que tudo se acertaria.

Caminham até o velho Chevette, os braços trançados pelas costas e as mãos de um fixas na nuca do outro. O sol já queima cabeças e faz com que os olhos ardam. Uma nova vida os espera, afinal. O gosto alcalino da bile faz com que Rodrigo clame por uma coca-cola.

Manhã de sábado na barbearia

* * *

"Em vez de me entregar a estripulias de regozijo, fiquei um tempo ali aparado, olhando o chão como um enforcado, o corpo enroscado nas tramas da trapaça, estraçalhado nas vísceras pela ação do ácido, um ator em carne viva, absoluta solidão."

RADUAN NASSAR, *Um copo de cólera*

ELES SÃO cinco: Pedro, Vanessa, Felipe, David e Samuel. Confortáveis num Fiat Uno, seguem por um caminho que Pedro faria de olhos fechados. O roteiro se repete desde muito antes disso. Quando ainda eram quatro, quando ainda eram três e quando ainda era só Pedro – nos poucos meses em que foram dois, Pedro e Vanessa, não fazia sentido que fossem à barbearia como casal. Com filhos é outra história. Pedro não daria conta de levar os três rebentos de uma só vez. Nem se fossem dois. Nem se fosse um. Era bom provedor, bondoso e justo, mas não era voltado a trabalho de mulher. Para tanto, existe Vanessa, e isso é tão óbvio quanto não permitir que os filhos acordem tarde nem aos finais de semana. Domingo, jamais: dia de culto. Já os sábados restam para resolver as pequenas pendências que a correria dos dias de semana não permite. A cada mês, um deles é reservado para que os homens da família cortem o cabelo na barbearia do Jorge.

O pai de Pedro o levava, quando criança, ao salão do Seu Ângelo, morto muitos anos atrás. Para manter viva a tradição com seus filhos, Pedro elegeu Jorge o barbeiro oficial da família. Estudaram juntos no ginásio e preservaram a amizade. Após a formatura, Pedro foi cursar o técnico em eletrônica e Jorge, para a escola de cabeleireiros. Mesmo assim não se afastaram: Pedro manteve Jorge como, talvez, o único amigo de fora do círculo comunitário da igreja. E Jorge não só retribuía a amizade, como se sentia grato – e com razão. Quando Seu Ângelo morreu, Pedro intercedeu para que o amigo adquirisse a preço baixo as instalações vacantes.

A ida à barbearia sempre foi tratada como evento ordinário. Acordam bem cedo, tomam um rápido café da manhã e partem com o objetivo de chegar antes das nove, quando abre o salão. Não só porque se resolve a pendência o mais rápido possível, mas também porque Pedro tem consciência de que toma tempo demais do amigo sem que ele seja recompensado de maneira proporcional: o tempo gasto com seus filhos é o mesmo que o despendido para lidar com clientes adultos, mas o preço do corte infantil é menor. Gosta, também, de manter certa privacidade com Jorge e, para isso, estar na barbearia antes da clientela, que dorme um pouco mais e costuma chegar só depois das dez, é imprescindível.

Atender à vontade de Pedro é fundamental para toda a família, que se esforça para seguir o ritual da forma mais célere possível. Satisfeito com a boa-vontade de todos, o patriarca abre mão da rigidez com que os conduz durante a semana e tolera os pequenos atrasos da esposa, os dengos e choramingos dos mais novos, e os sintomas de rebeldia do filho mais velho. Contudo, claro, que fossem atitudes comedidas e que não causassem prejuízos ao programa. Se, por alguma razão, alguém se recusasse a ir – como Felipe fez uma ou duas vezes – as consequências seriam gravíssimas. Se não fossem os primeiros a chegar ou demorassem mais do que uma margem de erro razoável, a reprimenda seria dura, porém proporcional. O ideal era chegar antes de Jorge, entretanto, caso ele já estivesse por lá e isso não acarretasse algum dano que Pedro não pudesse controlar, nenhuma retaliação seria necessária.

Além dos ingredientes corriqueiros, a manhã de então era especial, sobretudo para Samuel. Seria a primeira vez que o caçula, de dois anos e uns quebrados, teria o cabelo cortado por um profissional. Até então, o ofício cabia à mãe. Depois de muita negociação, ficara decidido a data do debute.

A rua de Pedro, num bairro residencial, exceto por pequenas mercearias e botequins, começa em uma avenida secundária, que se encontra com a principal via da região, que, por sua vez, termina numa ponte acima de um riacho que corta a cidade – a fronteira física e urbanística entre as duas vizinhanças – e muda de nome. A primeira nomenclatura é singela, como a localidade em que se situa: Avenida dos Sabiás. A segunda, pujante como seu bairro: Avenida Doutor Anton Makarenko, um ex-prefeito qualquer. E, nela, ao número 1927, um toldo cor de abóbora anuncia, sem muita criatividade, a "Barbearia

Anton Makarenko", destino final da família. O caminho não levaria mais que quinze minutos para ser superado num sábado caso seguissem direto da origem ao fim. Todavia existe uma parada obrigatória que atrasa o percurso em cerca de cinco minutos: a Padaria Ipanema. Param como parte do acordo entre pais e filhos. Os moleques escolhem um saco de salgadinho e, caso se comportem no barbeiro, podem abrir e se esbaldar. E não há blefe: não foram poucas as vezes nas quais Felipe e David ficaram sem salgadinho por terem chorado, esperneado, feito birra ou agido de modo mal-educado com Jorge ou outros clientes. É importante lembrar: trata-se da primeira vez de Samuel tanto para obrigações como para prêmios. No máximo havia experimentado uma ou outra unidade dos pacotes dos irmãos mais velhos. Desta vez, escolhe um só para si. O do pacote violeta, o mais bonito. O gosto? Não sabe. As crianças não são criadas com excessos. Só são permitidos certos mimos em ocasiões especiais ou como recompensa. Por mais que exigisse um bom comportamento em qualquer situação, Pedro sabia que haveria momentos nos quais qualquer criança pisaria fora do riscado e, por praticidade, barganhava com os meninos. E, com cada um munido de seu pacote, podiam, enfim, concluir o trajeto até o barbeiro.

No dia de então, Pedro encosta o carro quando Jorge já girava a fechadura da barbearia. Ele desembarca e oferece ajuda. O amigo reluta num primeiro momento, contudo aceita a oferta. Erguem, juntos, a pesada porta de ferro. Pedro acende a luz, Jorge leva sua bicicleta para dentro e a estaciona atrás de um biombo de madeira selado dos pés até mais ou menos um metro de altura e vazado por losangos até outro metro adiante. Vanessa e os filhos, que esperam na calçada, ingressam no salão apenas quando Pedro lhes dá sinal. O ambiente remete ao passado: Jorge pouco o havia mudado desde que assumiu o velho salão de Seu Ângelo, o que sempre causou certo desconforto em Vanessa, que não sabia distinguir o que Jorge preservara de caso pensado, com a finalidade de manter um ar tradicional, daquilo que deixara de modificar por desleixo. Em particular, a existência de duas cadeiras de ferro a incomodava. Se Jorge sempre trabalhou só, qual a razão de ocupar o dobro do espaço necessário, com mais uma cadeira, espelho e console? Outras coisas pareciam universais: no mundo, não há uma barbearia sequer que não possua potes de gel tamanho família, lâminas de navalha empilhadas, frascos de água brava à mostra, escovas de cerdas brancas e cabo amarelo-bebê e talqueiras de borracha ocre.

Sempre foi esse o mundo de Jorge. Se fosse possível, viveria numa barbearia eterna. Mesmo em casa, não se desliga do ofício, repassando os cortes do dia, lamentando uma ou outra falha que deixou algum cliente insatisfeito. Jorge quase nunca sonha, todavia, quando o faz, é com cabelos, pentes, escovas, tesouras, navalhas e loções. Isso desde que era jovem, desde que estudava com Pedro, que nunca compreendeu como alguém poderia ficar satisfeito sendo barbeiro. Mas isso nunca importou para a amizade. Todo trabalho é honesto e dignifica o homem, e se dedicar a ele da melhor forma possível era de se admirar, além de ser mais um motivo para que Pedro fizesse questão de cortar o cabelo no salão do amigo. As outras barbearias da cidade são lugar para homem se encontrar e falar de pecado. Algumas delas têm revistas e calendários com mulher pelada e, dizem as más línguas, alguns barbeiros até vendem maconha e fazem jogo do bicho. Nada disso tinha na Barbearia Anton Makarenko. Graças a Deus.

– Quem vai ser o primeiro hoje, meu amigo?

– O Felipe vai. É o mais velho, vai dar exemplo pros mais novos.

– Então vem com o tio, vem!

Felipe é grande, não precisa ser pego no colo, mas o barbeiro o ajuda a subir na cadeira mesmo assim. Também não precisa da tábua de apoio, o que facilita os preparativos. Jorge envolve o pescoço do menino com uma capa vinho e prende o velcro. Pressiona os ombros da criança, que responde com um automático endireitar de coluna. Ao mesmo tempo, Jorge apoia o queixo no topo da cabeça de Felipe para ajeitá-la.

– Como vai ser o corte, garotão?

– Pergunta pra minha mãe. Eu não sei não.

– Só abaixa, Jorge. Pode manter o mesmo corte.

O barbeiro tira uma máquina elétrica da gaveta e checa a bateria. Parece ter carga. Bota o pente número 4 e passa o barbeador nas laterais e na nuca de Felipe contra o sentido dos pelos.

– Olha, Felipe, você tá se comportando tanto que daqui a pouco nem vai precisar de salgadinho, né?

O menino arma um bico e meneia a cabeça dizendo que não.

– E pirulito, ainda quer?

Agora inverte tudo: desarma um sorriso e balança a cabeça na vertical.

– Mas deixa o coco quietinho se não eu acabo fazendo uma falha, tá bom?

Nenhuma resposta. É obediente.

Jorge pega um borrifador de plástico, enche de água da pia e espirra na cabeça do garoto. Ele fecha os olhos, mas fica feliz em ser molhado. É a hora do pente e da tesoura. Felipe precisa ser forte, já é grandinho. Mesmo assim se incomoda muito com Jorge puxando seu cabelo e aparando. Tem vontade de fazer careta, de chorar, de berrar, todavia precisa ser firme. Logo nem vai mais precisar de salgadinho, de pirulito, da mesma forma que não precisa mais sentar na tábua.

Jorge manipula suas ferramentas de trabalho como um maestro movimentando as batutas. E corta e picota e penteia. Empolgado, tosa tanto que até Vanessa nota. E se manifesta. Fala uma, insiste duas, berra três. E só o grito tira Jorge do seu transe.

– Tá muito curto, Jorge. Vai arrepiar e assim fica difícil de pentear.

Só mãe sabe a dificuldade de criar filho. Vanessa não tem o que reclamar de Pedro: é ótimo marido e muito atencioso como pai, contudo o papel dela é muito mais complexo. É ela que acorda cedo para botar a mesa do café, vestir os meninos, levá-los ao ponto de ônibus, aprontar o almoço, ajudar nas tarefas, esquentar a janta e rezar com eles antes de dormir.

– Desculpa, Vanessa. Deixa eu só finalizar.

– Deixa o homem, Van. Rapa tudo que é pro corte durar mais, Jorge. Aí você nem precisa se preocupar tanto.

E ela bufa. Não gosta de ter a autoridade contestada, apesar de saber que não tem muito o que fazer. Sem contar que preferia um corte mais tradicional. Todos os meninos do bairro usam o cabelo raspado; gostaria que com seus filhos fosse diferente. Se fosse para raspar, ela mesma faria em casa. Não precisaria acordar no sábado como se fosse dia de semana. Nem se arrumar, sair de carro e esperar que a família inteira tenha os cachos aparados no bafo da barbearia do Jorge. Mas sempre foi assim. Então recebe, com o mesmo sorriso no rosto, o primogênito das mãos de Jorge com a reedição do mesmo corte.

Felipe pede ao pai o pacote de salgadinhos. O velho autoriza que ele segure, mas ordena que espere os irmãos para que abram todos juntos. Se fosse David, o pai deixaria abrir – como deixará, assim que Jorge terminar o segundo corte. Mãe ama os filhos por igual, no entanto pai não tem pudor de revelar suas preferências. No caso de Pedro, qualquer um nota ser David. O pai até se justifica, argumenta que foi só depois que Vanessa engravidou de David que sua vida voltou aos trilhos – a gestação de risco fez com que a família retornasse à igreja e se apegasse a Deus. Além disso, acha David mais esperto – e, de fato, é – para as coisas do mundo. Depende menos dos pais e ainda assim faz escolhas melhores que as de Felipe. Este não tem jeito. Como conheceu a vida fora do templo, fica tentado a se afastar do Senhor. Não pode é influenciar Samuel, tão novo.

Chega a vez de David. Por capricho do Senhor não é o primeiro filho do casal. E Pedro faz o que pode para consertar este destino. É muito mais permissivo com David do que fora com Felipe. Aquele conquistou várias pequenas liberdades antes de seu irmão mais velho. Até na barbearia. David hoje é relevantes centímetros mais baixo do que Felipe quando deixou de usar tábua de apoio e, mesmo assim, já não senta em uma há meses. E por desejo dele próprio, claro, apoiado pelo orgulho do pai.

– E o seu corte, rapaz?

– Rapa tudo, Jorge!

E o barbeiro chega até a ruborizar com tamanha segurança. E o pai infla o peito. E a mãe lamenta.

Ela ama o marido, mas não gostaria que seus filhos fossem muito parecidos com o pai. Com Felipe, as coisas foram bem. Com David, mal. E com Samuel, o desempate tende a ser favorável a Pedro. Então sentencia:

– Faz igual ao do irmão mais velho dele, Jorge. Os irmãos mais novos têm de seguir o exemplo dos mais velhos.

– Se o seu filho mais velho fosse capaz de dar bons exemplos, tenho certeza que David seguiria. Não é o caso.

Felipe se afunda no sofá. Não queria estar ali, não queria estar em lugar nenhum. O pai não precisa ser assim, tão duro. Todos os seus amigos têm pais bacanas, menos ele. Até seus irmãos. Quando era filho único, seu pai só queria saber de boteco. Nasceu David, e ele tomou jeito, mas só tinha olhos para o então caçula. A vinda de Samuel fez com que ele dividisse o afeto, contudo em apenas duas partes iguais. Nervoso a ponto de nem mais ter controle sobre o próprio corpo, Felipe arrebenta o pacote de salgadinhos e várias unidades se espalham pelo chão da barbearia.

– Tá vendo? Depois é implicância minha! Cata logo tudo do chão e passa o pacote pra cá. Agora o Samuel vai querer abrir o dele também. Onde já se viu ser tão tonto? Parece até pirraça.

E a angústia transborda em forma de lágrimas. E o que sente nem é tristeza. É raiva. Odeia o pai, o irmão e até a mãe, tão conivente com a situação.

David percebe a situação, no entanto faz de conta que não é com ele. Como um rei sentado no trono, puxa papo com Jorge como se fossem fantasmas aqueles que estão em volta. Fala de futebol, de pipa, de pião, de bolinha de gude. Fala também de outras brincadeiras que Jorge nem faz ideia que existem.

E, enquanto os dois trocavam figurinhas na maior intimidade, o corte ficou pronto, a cara de Felipe inchou e Pedro, inconformado, está andando pra lá e pra cá com as mãos nas costas. Vanessa, então, entrega Samuel para Jorge.

O caçula não se sente confortável. É tudo muito grande, barulhento, pontudo. Se assusta com o menor movimento do barbeiro, que, com uma habilidade acima da média com crianças, consegue, dentro do possível, levar o menino na conversa.

De cabelo pronto, David pede o pacote de salgadinho para Pedro, que o atende. Felipe ensaia fazer o mesmo pedido e recuperar o seu, entretanto o pai o trata com rispidez e o repele só com o olhar. Vanessa discorda, enfrenta o marido como raras vezes na vida e a discussão aumenta de volume. Ao mesmo tempo em que os pais prestam atenção apenas um no outro, David aproveita a brecha e provoca o irmão. Felipe, cansado de sofrer inerte, arma um soco e arranca sangue do nariz do provocador. Pedro, de imediato, sai em defesa do filho ferido e manda um tapa no pé do ouvido do mais velho, que cai no chão para ser acudido pela mãe. O barulho assusta Jorge, que erra a mão e puxa os cabeços cacheados de Samuel, fazendo-o abrir o maior berreiro.

O barbeiro tenta acalmar o pequeno freguês e nada adianta. Vanessa o toma no colo e resolve que terminará o corte em casa. Diz que é hora de ir embora e pede desculpas a Jorge. Mas tinha um Pedro.

– E o meu corte? Não vou alterar meus planos por causa de frescura de filho seu. Senta quieta que o Jorge vai tosar o amigo.

Os três filhos armam um rebuliço, mas agora ela nem quer saber disso. Que se matem.

Vanessa olha com raiva para o reflexo de Pedro no espelho. Olha com raiva para a navalha na pia. Olha com raiva para o pescoço de Pedro. É tão óbvio: lâmina e corpo foram feitos um para o outro. E resolve não pensar muito para não mudar de ideia. Dois, três passos. É só abrir a navalha e acertar a jugular. Iria para a cadeia? Os filhos ficariam com quem? Jorge interviria a favor do amigo? Não se fosse rápida o suficiente... E as crianças não se impressionariam? Mal entenderiam, isso sim! E mesmo assim nada disso era relevante; apenas executar o plano a acalmaria. Era o homem que havia cavado a cova sozinho.

E o sangue jorra e tinge o jaleco de Jorge de rubro. E respinga na ponta do septo dela. Ela limpa as gotas achando bem-feito.

Porém, de repente, não há mais Jorge nem Pedro nem filho algum. É apenas ela sentada na ponta do banco. E navalha alguma existe também. Nem sangue, nem susto, nem choro nem nada. E aos poucos os berros dos filhos voltam à tona. E o pic da tesoura e o zumbido da máquina. Então Pedro paga o devido a Jorge com juros. E os cinco voltam para casa de carro.

A FILA

* * *

"A cidade é moderna, dizia o cego a seu filho."

MILTON NASCIMENTO, *Trastevere*

FINDOU-SE o mandato do segundo-secretário do Tribunal Recursal do Estado. A derradeira jornada se deu como as outras, repleta de protocolos e salamaleques e com poucos despachos proferidos. Certo desassossego desponta nos assessores que não têm ciência da designação que receberão ao cabo do recesso forense. Os demais anseiam apenas pela tertúlia que em breve ocorrerá no salão nobre, onde encontrarão figurões do mais alto escalão do judiciário pátrio e a eles oferecerão seus melhores préstimos de capacho.

Nada disso, porém, passa pela cabeça de Oscar, que, sozinho num canto do gabinete antiquado e recendendo a mofo, observa o entardecer. A miúda janela colada ao rés do pavimento, que pouco serve para fornecer luz natural à sala até mesmo ao meio-dia, ao lusco-fusco tem a única utilidade de revelar a paisagem urbana da capital.

Funcionário de carreira, estável, com os vencimentos incorporados e aposentadoria integral garantida, Oscar lamenta apenas que, com a nova gestão, será obrigado a mudar de sala e que, como consequência, perderá a vista. O que se vê entre grades pela brecha na parede do gabinete pode não encher os olhos da maioria dos que a notam, mas é especial a Oscar.

Trata-se da calçada de uma das principais vias do centro histórico, em que todos os dias uma imensa fila é formada por veteranos e pensionistas da Força Expedicionária Nacional. Os varões maltrapilhos e as damas esfarrapadas nem de longe remetem à época da revolução, quando até o mais raso soldado orgulhava-se do brilho do coturno e da goma da farda. E é essa decadência o que mais fascina Oscar: sabe que não tardará a chegar a época em que ele mesmo formará fila similar a esta – em outra calçada, num quarteirão próximo, em frente ao instituto da previdência – e até lá distrai-se com o infortúnio alheio.

Gosta de criar papéis para os personagens que admira da poltrona de couro. O sujeito obeso de barba malfeita e camisa desabotoada outrora capitaneou um esquadrão da cavalaria; nunca fora magro, mas a robustez era aliada na batalha corpo a corpo e o bigode sedoso era sua marca registrada. Já a senhora com as raízes do cabelo descoloridas, usando um vestido corroído pelas traças, frequentou os coquetéis do regime de braço dado com seu marido, um coronel que chefiou o mais temido grupo de artilharia do terceiro comando. O grupo que se espreme à sombra do grande flamboyant mais parece uma reunião de mendigos. Agrega, no entanto, três dos mais atuantes membros do comitê contrarrevolucionário. O que fariam se soubessem que a galega seminua logo atrás na fila é a filha única do generalíssimo contra qual se insurgiram?

Mas nada farão.

Apenas Oscar sabe de tudo que se passa.

Todo dia observa a fila do contracheque. Todo dia observa nem dez por cento do público ser atendido e o resto seguir com o bolso vazio.

Desde que notou a fileira, Oscar acompanha suas transformações. Ela se forma cada dia mais cedo, é composta por cada vez mais beneficiários, e estes têm aparência cada vez mais miserável. Antes, se uma pessoa se alinhava em determinado dia, só voltaria a ser vista no mês seguinte. Depois, Oscar passou a reconhecer alguns sujeitos presentes na fila em dias subsequentes, chegando até a desconfiar que alguns nem voltavam para casa. Hoje, as cadeiras, as barracas, os guarda-sóis e as disputas por locais na sombra dão certeza de que muitos deles se mudaram para a calçada com ânimo definitivo.

Nestes novos tempos, tentaram até distribuir senhas. Mas, inseguros com a possibilidade de comércio ilegal de números e com a vista grossa dos burocratas da previdência militar, os beneficiários decidiram não arredar o pé de sua colocação até o correto atendimento.

Vez ou outra, certo buchicho se forma. Oscar interpreta tais eventos como conflitos entre revolucionários e contrarrevolucionários, um grupo imputando ao outro o motivo da demora na solução dos problemas.

Oscar sempre torceu pelos conflitos, malfadando sem pudor os desafortunados da calçada vizinha. Aliás, deu passos além: não foram poucas as vezes em que saiu do campo das ideias.

* * *

A noite já tinge a rua de negro e as áreas próximas aos postes de vapor de sódio já são as mais disputadas pelos pobres-diabos da fila quando Oscar sente a mão de Álvaro em seu ombro esquerdo. O coquetel está prestes a começar e, caso não se apresse, sentirão sua falta.

Oscar guarda em uma pasta timbrada a minuta do último despacho que fez como membro sênior da Segunda-Secretaria do Tribunal, coloca-a debaixo do braço, encosta a janela, apaga as luzes e fecha a porta do gabinete, não sem antes admirá-lo pela última vez e encher os pulmões de ácaro com uma longa inspiração.

O colega aponta a direção.

Caminham pelo longo corredor entapetado discutindo planos. Álvaro, oficial-maior do decanato, não será afetado pela troca dos cargos políticos da cúpula do tribunal: seu chefe não se aposentará tão cedo e, como consequência direta, permanecerá no posto de desembargador mais velho da corte, mantendo Álvaro como seu braço-forte. Oscar é sincero quando diz não saber qual será a escolha do ainda segundo-secretário – fora convidado tanto para o cargo de ministro da Suprema Corte Militar como para ocupar uma cadeira vaga na Câmara Especial de Conflitos Previdenciários –, e é mais sincero ainda quando diz que pouco se importa.

É de conhecimento geral que compete ao segundo-secretário do Tribunal Recursal do Estado o julgamento em segundo grau das demandas que envolvem pagamento de benefícios oriundos de plano de previdência militar. Sabe-se, também, que a função de Oscar, homem de confiança do então segundo-secretário, no complexo organograma do tribunal, era de analisar apelos e apresentar pareceres sobre sua admissibilidade, cabimento e provimento.

O que apenas Oscar sabe é que a miúda janela colada ao rés do pavimento do seu gabinete, que pouco serve para fornecer luz natural à sala até mesmo ao meio-dia e que, ao lusco-fusco, tem a única utilidade de revelar a paisagem urbana da capital, era a grande responsável pela crise institucional que assombra o país, protagonizada pela autarquia previdenciária, pelo judiciário e pelo exército.

Nas não poucas vezes em que saiu do campo das ideias, Oscar defendeu com eloquência suas teses. Quando conveio, mostrou-se favorável à cassação dos benefícios previdenciários dos militares revolucionários, já que vencidos. Na sessão seguinte, argumentou, sem enrubescer, que eram os contrarrevolucionários que deveriam perder as vantagens, posto que golpistas. Ao mesmo tempo em que fez de tudo para convencer a alta cúpula de magistrados da necessidade de acabar com as pensões pagas às filhas solteiras dos ex-combatentes mortos, para assim garantir fundos suficientes para o pagamento da aposentadoria dos militares sobreviventes, advogou pela aplicação de um fator de redução na aposentadoria destes para que não se onerassem as pensões daquelas. E, enquanto as decisões não eram definitivas, Oscar fez uma manobra político-jurídica para que fossem sobrestados todos os pagamentos cuja legitimidade estivesse em discussão na corte, o que abrangia cerca de 90% dos casos.

O salão nobre está repleto de magistrados e assessores, da antiga e da nova gestão. Os menos prestigiados voltarão ao posto de origem, onde aguardarão, conformados, a aposentadoria. Os bem-relacionados, por sua vez, esperam apenas a solenidade de transmissão de cargos de logo mais para anunciarem as novas colocações em caráter oficial.

Oscar precisou esgueirar-se entre grupos e evitar trocar olhares com conhecidos influentes para chegar até seu chefe a tempo. Entrega-lhe a pasta e uma Montblanc, não sem causar espanto:

– Eis o mistério da demora de Oscar resolvido! Trabalhaste até altas horas mesmo no nosso último dia? Não há necessidade de ler o despacho. Seria indelicadeza da minha parte não firmar meu nome mesmo se discordasse do teor de seu conteúdo.

E devolve o documento assinado a Oscar. Falta apenas encaminhá-lo para a Imprensa Oficial antes da transmissão dos cargos, o que é feito sem maiores complicações pelo aparelho de fax da antecâmara.

Resolvido: o novo provimento entrará em vigor no primeiro dia após o recesso do judiciário.

Nele se lê:

COMUNICADO Nº 452 DA EGRÉGIA SEGUNDA-SECRETARIA

ASSUNTO: DISPÕE SOBRE A ORGANIZAÇÃO JUDICIÁRIA

O SEGUNDO-SECRETÁRIO DO TRIBUNAL DE RECURSOS DO ESTADO, Desembargador Oliveira Campos, com fundamento no artigo 93 da Carta Magna, e nos termos do artigo 45 e parágrafos da Lei de Organização Forense e do artigo 37 do Regimento Interno desta Corte,

DELIBERA:

Art. 1º – O artigo 32 do Provimento Orgânico das Câmaras do Tribunal de Recursos do Estado passa a vigorar com a seguinte redação:

Art. 32 – É de competência privativa da Câmara Especial de Conflitos Previdenciários:
I – processar e julgar, em apelação, todas as demandas cuja matéria seja previdência, inclusive militar.

Art. 2º – O artigo 24 das Normas do Tribunal Recursal passa a vigorar acrescido da seguinte alínea f:

Art. 24 – O recurso contra decisões de segunda instância será interposto perante esta corte e remetido ao:

....

....

II – pleno da Suprema Corte Militar, se tratar de matéria que envolva:

....

....

f) previdência militar

Art. 3º – Este provimento entra em vigor na data da sua publicação.

Quinze watts

* * *

"Lo sobrenatural, si ocurre dos veces, deja de ser aterrador."

JORGE LUIS BORGES, *El otro*

HOJE MUITO viajado. Mas houve tempo em que conhecia o mundo apenas por folhetos de turismo que traduzia ao esperanto do meu quarto-e-sala, no andar subterrâneo dum edifício na baixada do Glicério.

Conhecia de cor os dez melhores programas noturnos de Budapeste ano a ano, tinha um roteiro de quatro horas de visita aos túmulos do cemitério da Recoleta, poderia indicar os principais restaurantes secretos de Nova Orleans e listar os dez últimos vencedores da corrida anual de sósias de Ernest Hemingway em Key West. Sair de casa, contudo, nem pensar.

Com síndrome do pânico não se brinca. Conseguia, porém, levar a vida mais normal possível para um ermitão urbano. Trabalhava em casa, fazia compras pelo telefone e até que me virava com meu distúrbio quando tirava da cabeça a ideia de cruzar a porta.

Ou a de que outros a cruzariam...

Então o olho mágico. Muitas horas se passavam enquanto eu olhava por ele na espera de alguém que nunca estava lá. O corredor sem janelas era mal iluminado por uma pequena lâmpada vermelha de quinze watts e, mesmo depois de desistir de espiar, enxergava, por alguns minutos, meu micromundo em rubros tons. Uma merda.

Morar no porão tinha suas vantagens, não nego. Era a única unidade do pavimento e o espaço restante era preenchido por canos e quadros de energia, o que fazia com que o apartamento fosse mais amplo e estivesse longe da amolação dos vizinhos. Condomínio mais barato era outra – e muito bem-vinda naquela pindaíba. Mas aquela lampadinha de quinze watts, ligada o tempo todo, era melancólica demais. E a ideia de passar por ela, sem dúvida, agravou meu claustro.

Para evitá-la, algumas estratégias. Qualquer visita que recebesse abria ela mesma a porta de casa, que era por mim destrancada assim que desligava o interfone. Não poucas vezes pedia a elas o favor de levarem para fora o lixo que eu acumulava dentro do apartamento. Quando a síndica me interfonava para cobrar por atrasos no pagamento do condomínio e exigia uma reunião presencial no escritório do edifício, dava um jeito de levá-la no papo e a convidava para um café em casa.

Mas o maldito olho mágico...

Por mais que quisesse evitar a luz vermelha, me sentia compelido a observar pelo buraco da porta ao menor sinal de estranheza. Uma descarga dada de madrugada ou um gato que escapava dum vizinho, por exemplo. E o resto da noite se esvaía com o meu olho colado na porta.

Não poucas vezes era desperto pelos primeiros raios de sol que invadiam o basculante furta-cor e encontravam meu rosto junto ao rodapé da parede.

As noites mal dormidas desembocavam em dias vividos no limite. A fadiga abraçava meu corpo inteiro, que doía de cansaço e frustração. O trabalho não rendia, meus problemas psicológicos se agravavam e via o abismo cada vez mais de perto.

No limite da crise, não tirava o pijama, cabelos e barba jamais eram tosados e não tinha noite que passava sem meu olho estar grudado no buraquinho da porta de casa.

Não sei se os eventos que antecederam sua vinda foram previstos ou se a visita só ocorreu de tanto que desejei um real antagonista para justificar minhas noites em claro. Só sei que ele chegou, rompendo o deserto do corredor vermelho a passos lentos.

Era um homem bem-ajambrado e, quando vi, já estava postado em frente à porta de casa. Cartola em mãos e cabeça curvada, aproximou o olho direito do orifício. O movimento durou um ou dois segundos. Ainda que eu soubesse ser impossível que me enxergasse pelo lado de fora, tive certeza de ter sido observado. Graças à parca iluminação, mal pude perceber sua fisionomia de imediato. Notei, contudo, sua silhueta em penumbra no fundo infernal.

Diferente das vezes em que olhava para o vácuo e me sentia aflito, a presença do meu visitante causou um impacto positivo e tudo pareceu calmo e tranquilo. Separados pelos milímetros da porta, compreendi que estávamos, de alguma forma, vinculados.

Na medida em que minha pupila se adequava ao novo cenário, passei a notar as características de seu corpo e os traços do rosto: sobrancelhas finas guardando olhos cor de mel. Nariz adunco e buço preenchido por um bigode da espessura diminuta, que se emendava com um cavanhaque discreto. Compleição física delgada, com rosto e membros forjados em molde delicado.

O conhecia de outro lugar e, quando quase descobri seu segredo, voltou a colar o olho direito junto ao orifício.

Hipnotizado, contemplava sua íris, até que, de repente, o jogo de lentes do olho mágico não mais funcionou. Então me afastei um pouco da porta e levei a mão ao próprio olho, como se o problema fosse mera vista embaçada. Mesmo percebendo que minha visão estava perfeita, me espantei ao constatar que meus dedos não eram mais os mesmos, senão aqueles que entrevira pelo olho mágico minutos antes. Olhei para frente e me deparei com a porta de casa, todavia o número 01 colado à madeira revelou que a encarava pelo lado de fora. O susto se aperfeiçoou quando vi que meu pijama havia sido substituído por um traje a rigor e notei a enclausurante lâmpada vermelha bem mais próxima do que eu esperava.

Uma buzina cortou a madrugada. Sem que me desse conta, segui pelo corredor, escadas, depois pelo átrio do meu edifício e estava na calçada. Uma limusine me esperava, não podia ser diferente. Entrei e seguimos para uma recepção de um novo cônsul, ou coisa parecida. Foram tantos eventos semelhantes nas semanas seguintes, que é difícil precisar.

Colegas diplomatas – não tardei a me reconhecer como um deles – me recebiam com entusiasmo e apoiavam a coragem que depreendi ao escolher meu novo posto de trabalho, uma república autoritária assolada pela guerra civil mais terrível que a nossa geração presenciou.

* * *

Sobrevivi a dois atentados. Depois, uma temporada em Macau, bons anos na Europa e retorno ao Brasil para assumir um cargo tão prestigiado quanto preguiçoso, em cujo exercício aproveitarei os últimos anos na ativa antes de uma gorda aposentadoria. Os anos no porãozinho, não à toa, parecem pertencer à vida de outro. Permaneceram quase intactos, deixados para trás.

Minha mulher ajeita a gravata-borboleta que faz parte da minha indumentária há uns anos e passa, suave, a mão pelo meu rosto recém-barbeado (abandonei a estúpida penugem na primeira oportunidade que tive). Me dá um beijo que embaça os óculos. Rimos e seguimos de braços dados até a rua, onde uma limusine muito parecida com a primeira que peguei na vida nos aguarda.

A três passos da porta do veículo, sou interpelado por um sujeito de barbas longas, que me recorda dos fanáticos com quem muito lidei lá fora, e desvio o olhar. Impetuoso, saca uma faca como quem a estivesse manejando pela primeira vez na vida e perfura meu abdômen. Antes de cair à calçada sangrando, consigo gravar a fisionomia do meu agressor. É justo que seja a última imagem formada nas minhas retinas.

Elogio da escatologia

* * *

"Tranco... tranco.. Bate o carro, em traquetreio e solavanco."

JOÃO GUIMARÃES ROSA, *Conversa de bois*

"A chuva lúgubre olha de través.
Através
da gra-
de magra
os fios elétricos da ideia férrea –
colchão de penas."

VLADÍMIR MAIAKÓVSKI, *Manhã*
(Trad. Augusto de Campos e Boris Schnaiderman)

AINDA QUE se trate de um fenômeno incomum, não há como negar que a cidade se revolta quando ocorre a confluência de determinados fatores, conforme bem documentado na nossa literatura, destacando-se os cadernos de viagem da famigerada expedição russa de 1925. Mas seríamos nós, seres urbanos e capitalizados, tão acostumados com o papel encenado pelos nossos objetos, ainda dotados da sensibilidade necessária para perceber o momento em que se rebelam?

No último registro a que se tem acesso, choveu o bastante para que os espectadores tivessem outras distrações e imputassem a responsabilidade às forças da natureza, sem a correta compreensão dos eventos. Já seus protagonistas nunca puderam dar a sua versão dos fatos.

O mero entardecer já aparece ao sistema viário da metrópole como o prólogo de uma distopia nas sextas-feiras comuns. O estrago é ainda maior em datas especiais, como feriados prolongados ou início das férias de verão. Quando o clima resolve colaborar com a zorra, como naquele começo de noite, o ensaio geral para o apocalipse então se inicia.

Tião, no banco do passageiro do Chevrolet, testa colada no vidro gelado, bafo de cachaça embaçando a janela, observava a cidade arrasada pela tempestade enquanto o veículo levava minutos para claudicar dez metros. Os braços cansados de tanto peso carregar. O estômago, vazio de comida e consumido pela azia, ensaiava se embrulhar e tudo só tinha a piorar com o cheiro vindo de trás, cada vez mais fétido, sem que nada pudesse ser feito.

Guarda-chuvas, sombrinhas, casarões, umbelas, guarda-sóis e parteiras, seguros por mambembes mãos e levados por passos reticentes, trombavam uns nos outros refratando as gotas que angulavam teimosas nos tecidos. Poças d'água se acumulavam rentes aos meios-fios e se misturavam com o regurgito dos bueiros e galerias, formando extensas correntezas poluídas que arrastavam o que cruzava seu caminho: o curso natural como se rio ainda houvesse por debaixo do concreto. Desprevenidos, paletós encharcados ocupavam as sombras das marquises. Desesperados, trabalhadores se equilibravam em pé nos bancos dos pontos na espera do ônibus que os levaria de volta para casa ou, ao menos, seria responsável por uma parte do percurso. Na pista ao lado, a soga de um elétrico se desprendeu dos tensadores, obrigando motorista e cobrador a descerem para religá-la a fim de permitir que a energia que deve entrar pelo cabeçal voltasse a alimentar o veículo para que pudesse andar de novo, aliviando, por ora, a tensão de seus passageiros, tão sincronizada com a dos demais convivas, que, como Tião e o motorista a quem ajudava, estavam presos no meio do tráfego.

– Acorda, Tião! O para-brisa todo embaçado e você dormindo, moleque. Ajuda aqui a passar esse pano, mano. Acha que veio passear no Centro?

Orquestras de buzinas competiam esquizofrênicas, elegendo como metrônomo o cadenciado piscapiscar em amarelo dos semáforos defeituosos. Como sempre, as fileiras de carros andavam quase no mesmo ritmo, porém Agenor trocava de faixa no menor sinal de que o fluxo da vizinha parecesse mais rápido, apenas para ser ultrapassado por uma sequência de veículos que pouco tempo antes estavam atrás dele.

– A culpa é tua, moleque. Se tivesse desembaçado essa merda direito, eu teria visto que não era uma boa mudar dessa vez.

E toma sopapo.

Tapa na nuca era a principal forma de comunicação entre os dois desde que Agenor entrou sem cerimônia na vida de Tião, não fazia nem três anos. Sempre de óculos escuros, fedendo a cachaça e a suor, falando alto, dando ordens, impondo respeito pelo medo, uma espécie de Baal de regata e pele morena de sol. Seus pais ainda viviam em união marital quando Agenor passou a frequentar o barraco deles à beira da Fernão Dias.

– É, Tião, você me deve uma. Culpa do sacana do teu pai que estamos aqui nessa merda hoje. Plena sexta-feira e ele apronta essa comigo? Mas agora quem me paga é você.

E toma cascudo.

Materiais de construção, laminado de madeira, caixas de ovo, remédios, produtos de limpeza, bichos vivos, brita, enlatados, móveis pré-fabricados, maquinário de indústria, fertilizante, cereais, eletrodomésticos: tudo já foi descarregado nos armazéns da capital pelo pai de Tião nas boas décadas em que trabalhou como chapa de caminhoneiro, sendo Agenor o seu último parceiro recorrente, o que garantia o sustento do filho e da mulher, trinta anos mais nova.

– Aposto que a gente vai chegar tarde em casa e nem comida tua mãe fez. Vive arranjando desculpa pra fugir das obrigações. Teu pai também nunca gostou de pegar no pesado, mas, pela amizade, eu continuava ajudando. Você teve a quem puxar mesmo, imbecil.

Depois do acidente, a relação dos parceiros degringolou. Porque foi por conta da promessa de que Agenor cuidaria da mulher e de Tião que ele passou a dominar de vez na vida de todos. O pai de Tião não tinha mais como pegar no batente, até cego ficou, então acabou aceitando a presença de Agenor da forma que quisesse. Quieto, amiudado, o pai de Tião não teve como evitar nem as carícias do amigo em sua mulher.

– Que merda de farol é esse, caralho? Tava verde agora mesmo e avermelhou. Quase que eu bato. Essa cidade é uma merda!

A cidade é moderna, Tião, costumava dizer seu pai. E impressionava mesmo o moço, mas assustar não assustava, não. Tanto carro, tanto prédio, tanto fio. E gente, tanta gente que tinha na cidade. Cada carro levava pelo menos um homem dentro, fora os pedestres, os dos coletivos e até os que andam embaixo da terra. E os meninos fazendo malabarismo com fogo no sinal fechado. Arriscando uma embaixadinha, pintados de prateado, cuspindo fogo. Tião tinha inveja deles. Queria mesmo é subir na bicicleta-de-uma-roda-só e ficar jogando bolinhas de tênis para cima. Queria equilibrar dez pratos num cabo de vassoura com uma mão só. Ganhar dinheiro, andar em bando, usar uma placa de trânsito como anteparo contra a chuva. Fazer fogueira encolhido debaixo da ponte. Vender chiclete misturado com o tráfego. Ser o próprio tráfego. Ser parte da cidade era muito melhor. Só ser Tião que não queria não.

– Tá dormindo de novo, moleque? Deu pra ficar surdo ou virou retardado de vez? Quando eu te falo, cê me responde. Depois arma o choro quando eu te dou cascudo. Cê entendeu que acabou pra valer o bem bom? Que vai trabalhar de sol a sol na minha firma? Responde, moleque. Se ficar só balançando a cabeça vai tomar mais croque.

Como se Tião já não acordasse cedo e desse duro sem receber um tostão... Agenor queria mesmo é provocar o menino, ouvir uma resposta torta e responder com um murro. Mas, se batia dum jeito ou doutro, que diferença fazia?

No que importunou Tião, Agenor perdeu o foco no carro da frente e só acertou a freada – e no limite – graças ao reflexo apurado de muitos anos de estrada. No susto, deixou ainda o carro morrer e custou a fazê-lo repegar, como se precisasse puxar um inexistente afogador. Buzinas o condenaram. Não há perdão para quem interrompe o tráfego.

Quem sofreu as más consequências do acidente foi a família de Tião, porém Agenor viu uma oportunidade de prosperar – seu faro para negócios o enchia de orgulho. Pegou os caraminguás que havia juntado, a grana que o seguro pagou pelo caminhão mais as indenizações que ele e o pai de Tião receberam e investiu numa área nunca em crise.

– Tião, Tião, serviço não vai faltar pra nós. Seu pai é exemplo disso, né, moleque? Hahaha. Não vejo a hora de descarregar essa merda logo. Só essa bosta de trânsito que não ajuda.

Entre margens de automóveis, o fluxo caudaloso das motocicletas dragava a cidade rumo ao fim do mundo – um horizonte cor de chumbo com manchas solares de poluição – sem que existisse força suficiente para contê-lo, e o seu compassado buzinar se incorporava ao ambiente, apesar de mal ouvido por Agenor, que tentava se concentrar nas informações de trânsito da estação de rádio proferidas entre chiados, mas que mais funcionavam como acalanto.

A chuva apertava. Os feixes vermelhos e amarelos de lanternas e faróis se refletiam na precipitação, impondo aos motoristas mais do que a cautela corriqueira. Um moleque se amolgava junto a um poste no canteiro central, isolado feito náufrago, protegendo colada ao corpo a caixa de balas. Agenor mirou uma poça na pista, deixou o veículo à sua frente desgarrar e acelerou para hastear uma maldosa onda.

– Se fodeu o trombadinha. Hahahaha. Se eu não fosse tão bom pra tua família, abria a porta e você ficava com ele aí, Tião. Só uma coisa dessas pra me animar.

A cidade é moderna, Agenor. Não gosta de quem mexe com os seus. O menino, Agenor, não é menino: é cidade. Não é a primeira vez que um cabo de força se despende do poste. Não é por acaso. Não é a primeira vez que você acha que um semáforo estava verde, mas era vermelho. Não é por acaso. Não é a primeira vez que você, Agenor, precisa acionar seus reflexos mais preciosos para frear. Não é por acaso. Não é a primeira vez que o panorama sonoro é uma cantiga de ninar para você, Agenor. Não é por acaso. Tiãozinho, coitado, já dormia bem antes e nem sentiu o impacto.

A aderência dos pneus carecas ao asfalto ficou ainda mais prejudicada com a lâmina de água. Quando Agenor se viu furando o farol vermelho, já era atingido em cheio pelo ônibus no corredor e tinha a trajetória alterada para o poste de luz, contra o qual a frente do automóvel colidiu. E é uma fração de segundos pra aprender a contar até zero, decifrar a lógica da tabela de logaritmos, repassar as variações da defesa escandinava, imitar o assovio do surdo-mudo. Enquanto o resgate não chegava ao local, a estação sintonizada pelo rádio do Chevrolet anunciava o aumento do número de quilômetros de congestionamento na cidade e a piora causada pelo novo acidente. Curiosos cercavam o veículo deformado até a aproximação dos socorristas, que nada puderam fazer. Lá dentro jaziam os três cadáveres: dois frescos e um já putrefato.

Butim

* * *

"The good Lord knows best about turnips. Some of these days He'll bust loose with a heap of bounty and all us poor folks will have all we want to eat and plenty to clothe us with."

ERSKINE CALDWELL, *Tobacco Road*

O POSTO de serviços ficava no topo de uma colina e Artur, usando o relevo a seu favor, apoiava-se na balaustrada da pequena varanda – cigarro sempre na boca – para observar a chegada de potenciais clientes. O tempo em que dava as últimas tragadas, abotoava a camisa e ficava a postos coincidia quase sempre com o levado pelos motoristas azarados para empurrar seu automóvel ladeira acima.

Desde a duplicação da rodovia que corria em paralelo, contudo, poucos optavam pela velha Estrada do Café, e a freguesia despencou. Na fase mais melancólica, algumas tardes passavam sem que o bucolismo fosse inquirido por veículo algum. Mais raro ainda era aparecer alguém que precisasse de um mecânico. A penúria, portanto, se firmou como seu estado natural, e a menor perspectiva de trabalho o entusiasmava.

Antes de trocar as primeiras palavras com Tonico, percebeu seu Volkswagen apontando na pista a dois quilômetros, ouviu um estrondo que reconheceria mesmo embaixo de um trator e acompanhou o automóvel perdendo o equilíbrio e a velocidade até ser levado ao acostamento pelo condutor. Se havia qualquer dúvida sobre o estouro do pneu, ela foi dissipada com o desembarque de Tonico e sua lamentação, expressada numa inconfundível levada de mão à testa, depois de conferir a roda dianteira esquerda.

Durante a caminhada do homem, não saiu da cabeça de Artur o destino ao dinheiro que estava prestes a embolsar. Comida era o de menos, se virava muito bem com os legumes e ovos que um caminhoneiro lhe entregava toda semana. Morava na parte de cima da oficina e, desde que o antigo dono do imóvel o havia abandonado, também não se preocupava com aluguel. Precisava mesmo era substituir a calça esgarçada e a camisa puída, e não tinha mais como esperar uma indenização prometida havia anos.

– Ei, companheiro, tem como me ajudar a empurrar o carro? O pneu estourou lá longe. Se eu forçar pra trazer no braço, vai entortar a roda.

– Tá bom.

O veículo os aguardava cem metros adiante. Na medida em que se aproximavam, uma figura no banco do passageiro ganhava nitidez. Mas só quando estava tão perto que poderia tocar no carro que Artur descobriu se tratar de uma senhora gorda, que aparentava ter mais de 80 anos.

– Minha mãe tá estragada, mano. É descer do carro direto pro hospital.

Apesar da urgência, não havia nada que pudesse auxiliá-los a mover o carro. O último guincho fora vendido e seu jipe com engate repousava sem gasolina por meses. Qualquer diferença de peso era relevante sob o sol da uma da tarde e, assim, tudo ficava mais difícil com a presença da velha transformando em tonelada os quase novecentos quilos da Variant.

Havia um longo pátio com bombas de combustível desativadas para ser percorrido até a oficina, mas, assim que o solo ficou plano, puseram em prática o tácito acordo de recuperar o fôlego. A mãe de Tonico parecia ter se esforçado tanto quanto os dois e grunhiu de dentro do carro. Era o sinal para concluírem a empreitada, o que foi feito, é claro, com facilidade muito maior.

– Tá quanto o pneu?

– Cinquenta.

– Caro, hein, mano velho? É novo?

– Novo é setenta. Esse é recapado.

– Pago cinquenta no novo.

– Dá não.

– A mão de obra é quanto?

– Vinte.

– Tá querendo me depenar? Vai dizer que tá cobrando a subida com o carro?

– É vinte igual, faço por quinze se o senhor levar o novo.

– Vou levar pneu nenhum. Me ajuda a botar o estepe – tá meio fodido, mas aguenta até a cidade – e eu te dou os quinze paus.

– É vinte. Menos que isso não compensa.

– Não compensa o quê? Vai fazer o que se não trocar? Ficar espantando mosquito até outro azarado furar o pneu nesse fim de mundo? Pega os quinze, homem. É melhor do que eu me enfezar e resolver trocar eu mesmo.

– Tá bom.

Artur arrastou o corpo magricela até a garagem, onde foi buscar as ferramentas. Colocou a chave de roda no bolso da calça e deslizou o macaco, ocioso há alguns dias, até onde o veículo de Tonico ficou estacionado. Não queria mais essa vida. Por quanto tempo aguardava uma compensação financeira pela construção da rodovia, prometida por um moço do governo? A grana nunca veio e ele tinha certeza que nunca veria a cor do dinheiro. E seguia tocando a oficina como dava.

– Vou levantar. Não quer pegar o estepe?

– Sabe o que é? Bem, o estepe tá ruinzinho. Te dou cinquenta pelo recapado e a mão de obra, irmão. É pegar ou largar.

– Vou trazer.

E voltou à oficina um pouco mais feliz. Olhou para a pilha de pneus de aro 15 e escolheu o mais fodido, que rolou pelo percurso, que já ficava cada vez mais cansativo. Dessa vez, pelo menos, levaria alguma vantagem.

– Porra, não vale cinquenta esse daí.

– Tá saindo por trinta. Vinte é a mão de obra.

– Pô, cê tá querendo me enrolar.

– Tô não. A gente bota o estepe se o senhor quiser.

– Sabe o que é, é que o estepe tá ruinzinho.

– Por isso eu fui pegar um pneu dos bom. Agora se o senhor tá descontente, paga os vinte e eu boto o estepe que eu já tô fechando a oficina hoje.

– Você é um puta vendedor, hein? Pode colocar esse daí então. Cinquenta, que é tudo que eu tenho. Se eu tivesse mais, com certeza cê me tomava.

– Tá bom. Vou levantar, mas é melhor tirar a dona, né não?

– Tem razão. Ia ser ruim ela ficar toda torta lá dentro. Tem uma cadeira pra ela esperar?

– Só banquinho.

– Porra, mas que merda, hein. Você não tem vergonha dessa biboca?

– É o que tem.

E foi de novo até a oficina buscar um banquinho de madeira, cheio de estrepes, guardado bem no fundo da garagem, quase escondido, embaixo de uma mesa, junto de uma cadeira acolchoada e montes de ferramentas. A consciência pesou um pouco. A velha não tem nada a ver com o pilantra do filho. Não cogitou dar a cadeira boa, mas o banquinho era sacanagem. Achou um meio-termo e fez uma surpresa a Tonico quando lhe apresentou um banco de uma Rural que havia desmontado nem se lembrava quando.

– Até que enfim uma notícia boa, camarada. Sabia que não ia me desapontar. Isso sim é mais decente pra minha mãe descansar.

Tonico abriu a porta do automóvel e ela suspirou de novo. É uma contagem regressiva até o último. Ele se debruçou por cima dela e desafivelou o cinto. Fez menção de levantá-la sozinho, mas desistiu antes de tentar.

– Ô, meu amigo, último favor. Me ajuda com a minha mãezinha que eu tenho medo de machucar se fizer sozinho; aí a gente acomoda ela no banco e você trabalha sossegado.

Artur nem respondeu. Encaixou as mãos nas axilas da velha e, no sinal de Tonico, a ergueu de imediato. Não conseguiriam mantê-la suspensa por inteiro, então acabaram por arrastar seus pés no chão até que fosse colocada, de forma nada gentil, no banco.

A velha fedia.

Sabia-se lá qual doença ela tinha, mas não havia dúvida de que era daquelas que dificultavam o controle intestinal. Artur já se arrependia de ter oferecido o banco. A limpar a merda, com certeza, Tonico não ia ajudar. Outro suspiro foi dado por ela, desta vez um pouco mais longo.

O mecânico, enfim, podia trabalhar. Acendeu um cigarro. Ofereceu outro ao cliente. E pôs o carro para subir. Seu macaco trabalhava com pouco óleo e o anel de vedação estava bem gasto – era o que tinha –, então o esforço era um pouco maior. Endireitou a coluna, fixou o carro a meia-altura, e sacou a chave de roda. Tonico estava inquieto. A pressa era evidente, mas Artur tinha o próprio ritmo.

– É sempre assim aqui?

– Tem dia que é bom, tem dia que é ruim.

– Mas esse marasmo, mano, não te cansa?

– Fazer o quê?

– Sei lá, cê é novo. Vai ficar até quando aqui? Quanto tempo fechou o posto?

– Vai fazer cinco ano.

– Então! Não pensa em ir pra cidade, não tem família?

– Tenho não.

– E essa grana que cê tá me tomando, vai comprar cigarro, comida, é isso?

– Comprar uma calça, uma camisa.

– E pra quê? A tua roupa te serve muito bem.

– Pro baile.

– Mas que baile?

– Vai ter na cidade. O moço falou quando veio abastecer aqui semana passada e não tinha gasolina.

– Baile é caro, você não sabia?

– Não conheço.

– E como sabe que tem que ter roupa melhor?

– O moço disse. Falou que ia ter baile, mas que não dava pra ir com essa roupa.

– E como você vai?

– Bicicleta.

– Tá bom, como você diz. Termina essa porra logo que minha mãe tá até dormindo

Só faltava o último parafuso para sacar a roda usada. Algumas voltas e pronto. Largou-a ao solo e a viu quicar até pegar estabilidade para correr alguns metros e tombar ao lado da velha. O movimento chamou a atenção de Tonico, que, deprimido com a paisagem, deixava o cigarro se queimar sozinho entre os dedos a certa distância. Ele se aproximou da mãe e, ao fazer um cafuné, temeu que ela não reagisse.

Artur não se comoveu com a cena, mas entendeu que era melhor se apressar – se a velha desse para morrer ali, ficaria até feio cobrar os cinquenta conto do camarada – e foi logo parafusar a roda nova com medo do agouro.

– Porra, companheiro, o clima da tua oficina é macabro. Não tem um barulho de gente por quilômetros. Pega logo a grana que eu já vou. Tem troco pra cem?

– Tem não.

– Só tenho uma nota de cem, a obrigação de ter troco é tua. Eu vou levar a minha mãe pra cidade e na volta te trago o devido. São só trinta quilômetros, cê sabe. Me ajuda a colocar ela no carro.

– Tá bom.

Da mesma varanda de antes, Artur perdeu Tonico de vista na Estrada do Café. Em silêncio, voltou a lamentar. Aceitou o desânimo com naturalidade: não nascera mesmo para levar vantagem. O próximo passo, contudo, talvez o excitasse. Com os calcanhares na borda da cama, se esticou todo e alcançou, em cima do armário, a caixa de sapatos onde guardava o velho Taurus. Passou um pano no cano, conferiu o tambor. Na frente do espelho da velha penteadeira, apontou-o contra a têmpora direita. Os olhos se cansaram de permanecer abertos. No escuro, refez os passos sem guardar arrependimento, ciente da própria pequeneza. Sorriu. Guardou a arma no bolso, desceu as escadas e montou na bicicleta.

Pedalou por cinco quilômetros até encontrar o que buscava. Largou a bicicleta e caminhou com naturalidade. Não disse qualquer palavra – não era bom com elas, de fato. Apenas sacou o revólver e, com três tiros, derrubou Tonico que não o esperava do lado de fora do carro. Içou a carteira no seu bolso de trás e resgatou quatro notas de cinquenta. Antes do regresso, cutucou a velha com o cano, tomou de volta a roda que deixara mal parafusada e a amarrou no bagageiro da bicicleta.

O dia em que Paulinho iria se matar

* * *

"Hoje sou funcionário público e este não é o meu desconsolo maior."

MURILO RUBIÃO, *O ex-mágico da taberna minhota*

PARA ENTENDER Paulinho sentado nas escadarias do fórum, sem o pé esquerdo do sapato, com um guarda de cada lado, enquanto esperava a ambulância que o levaria para um semestre recluso na ala psiquiátrica do hospital do servidor público estadual, é preciso saber não só o que aconteceu no dia em que concluiu que não valia mais a pena viver, mas também as circunstâncias que o levaram até lá. Paulinho chegou à mesma conclusão a que muitos outros chegam todos os dias. Desconsiderando as hipóteses de impulso, mata-se (ou tenta se matar) aquele que, ao analisar o resultado de uma simples subtração, percebe que as vantagens de estar vivo são menores que as desvantagens. Ainda que intuitivo, o método sofre leves variações de pessoa para pessoa. Não em sua essência mas na gradação. Para alguém dar cabo da própria vida, não basta, como um observador menos atento pode concluir, que a balança penda para o amargor: é preciso que esse desequilíbrio ultrapasse determinada fronteira, e é essa linha que varia de acordo com o freguês. Se fosse para dizer que Paulinho correu em direção aos carros porque tinha uma vida de merda, a história do dia em que Paulinho ia se matar poderia ser contada com uma singela frase: Paulinho tentou se suicidar em vinte e três de fevereiro de mil novecentos e noventa e três. E seu ensaio seria mera estatística, porque, de novo, todos os suicídios (ou tentativas, vá lá) são iguais na essência. Mas não é apenas de essência que queremos falar.

Paulinho correu na direção dos carros quando estava prestes a ingressar no prédio do tribunal de justiça na volta do almoço. Se virasse à direita, entrava no edifício e voltava ao inferno. Escolheu virar à esquerda para, quem sabe, ir para o céu. Mas nem quando era o momento de Paulinho brilhar, virar manchete, ter o povo em sua volta admirando o grande feito, ele foi bem-sucedido. Coerente, pois. E não entrou para a história porque nem naquela hora Paulinho teve autonomia para levar a própria vida. Quando o caminhão da SABESP estava prestes a atingi-lo em cheio, sem a menor chance de a frenagem funcionar, Fátima entrou em cena e o puxou pela gola da camisa, dois números maior. Ele só voltou a si quando, já sentado nos degraus, olhou para baixo e se deu conta que o sapato esquerdo ficara no meio da rua, pouco antes dos guardas chegarem esbaforidos a perguntar se tudo estava bem. Não estava nada bem! Como ia seguir só com o pé direito?

Fátima puxou Paulinho pela gola da camisa dois números maior não por carinho, consideração ou heroísmo, mas por instinto. Se fosse racional, concluiria que sua vida seria melhor se a de Paulinho não fosse poupada. Fátima era chefe de Paulinho, que, por sua vez, era um péssimo funcionário, mas indemissível já que possuía estabilidade. Além disso, um não nutria nenhuma espécie de apreço pelo outro, ao contrário, a relação era repleta de faíscas. A aposentadoria dos dois ainda tardaria e a única forma de Fátima se livrar dele seria mesmo a morte. Como não teria coragem de matá-lo nem havia registro de que ele padecesse de alguma doença grave, o suicídio bem-sucedido faria com que Fátima, afinal, saísse no lucro. Só que nessas horas nós somos é bicho, e ela salvou o colega.

Talvez não tenha sido mero instinto. Não que Fátima estivesse alerta, preparada para agir a qualquer momento, longe disso, apenas desconfiava de que algo pudesse acontecer. Ela notara que Paulinho estava estranho, como se um parafuso responsável pela sua estabilidade emocional estivesse frouxo, fazia uns meses – não por coincidência, desde que brigou com Alexandre. Paulinho nunca engraxava o sapato, usava a mesma calça por semanas, fazia a barba a cada três ou quatro dias, mas não era desleixado a ponto de usar uma camisa larga que o fizesse parecer um palhaço, por exemplo. Outro novo comportamento bizarro: sempre que um homem passava por perto de Paulinho, ele, num só-pulo, se encostava na primeira parede que encontrava, como num movimento automático de defesa dos fundilhos. Por fim, Paulinho, que almoçara só desde a primeira vez que alguém pôs reparo, perguntou a Fátima, no dia em que ia se matar, se podia acompanhá-la ao por-quilo da esquina. A estranheza e a inocente falta de vontade de tê-lo como companhia quase a fizeram desconversar. No entanto a recusa soaria tão absurda que não teve jeito. Logo no elevador já se arrependeu. Paulinho pressionou diversas vezes o botão do térreo, maníaco, chegando a socar o painel. No percurso, apertou o passo de modo que Fátima precisou correr para alcançá-lo. No restaurante, Paulinho aparentou desconhecer qualquer regra de convivência. Não bastasse furar a fila e encher o prato de modo desproporcional, pegava os alimentos das ilhas com as mãos e se deliciava antes da pesagem, constrangendo Fátima como nunca. Quando sentaram, contudo, Paulinho mal tocou na comida. Espetava uma ou outra ervilha, erguia fios de espaguete com os dedos e resmungava sons ininteligíveis. Se comia tão pouco assim todos os dias, não era de se espantar que estivesse magricela.

O desenlace do breve período em que Paulinho se relacionou com Alexandre foi o bater da porta do Opala na madrugada em que ambos, acompanhados de outros três colegas de repartição, foram ao prostíbulo. Paulinho caiu na conversa de Alexandre de que a melhor maneira de resolver problemas sexuais era com uma visita à zona. Paulinho não gostou da ideia nem quando achou que o convite fosse exclusivo. No carro, e só no carro, ficou sabendo que Fausto, Rubens e Oscar, outros colegas de repartição os acompanhariam – e gostou menos ainda. Pagaram caro na bebida e conseguiram empurrar uma garota para Paulinho. O que ocorreu entre quatro paredes tinha tudo para ser a redenção de um sujeito frustrado. Porém foi a frustração de um sujeito rendido. O pau de Paulinho não cooperou e a situação degringolou.

O breve período em que Paulinho se relacionou com Alexandre diz muito a respeito de suas conclusões sobre a vida num modo geral e, em especial, sobre a famigerada decisão peremptória. Não é comum pular da ponte só por brincadeiras inconvenientes, ainda que sejam humilhantes e façam a repartição inteira rir de você. Contudo elas podem ser a última gota da clepsidra vital dum sujeito. E foi assim com Paulinho. Isso sem considerar que os chistes de Alexandre não eram apenas o bullying inevitável quando, num mesmo ambiente, estão valentão e paspalho, senão a quebra fatal da confiança construída na base de muito esforço por parte de Paulinho. Ter sua [ausência de] vida sexual exposta dessa maneira sem reagir não é para qualquer um. Ter sua [ausência de] vida sexual exposta por quem acreditava ser o melhor amigo sem reagir é para menos ainda. Ter sua [ausência de] vida sexual exposta por quem acreditava ser o melhor amigo, que frisa os detalhes mais degradantes na frente de Cibele, sem reagir aí nem para Paulinho era. Então é possível, sem muito esforço, perceber robusto nexo causal entre a tentativa do suicídio e a conduta de Alexandre na manhã do dia em que Paulinho ia se matar.

Paulinho nunca teve mulher, nunca teve amigo e estava confortável na sua posição. Contente, não; confortável. De tanto perder o sono na mocidade, a solidão até que lhe caiu bem. Por que raios Cibele e Alexandre resolveram tirá-lo do seu canto? Não agiram de conluio, mas a sincronia era tamanha que nem precisariam combinar. As duas frentes envolveram Paulinho, que, de uma hora para outra, encontrou pretendente e confidente onde menos esperava.

Paulinho reparou em Cibele desde que ela chegara à repartição, havia poucos meses, transferida de uma comarca do interior. Alexandre reparou em Paulinho desde que ele chegara à repartição – perdeu-se de vista quando – desajeitado e recém-empossado no cargo de escrevente técnico judiciário. Todos os homens repararam em Cibele desde que ela chegara à repartição, havia poucos meses, transferida de uma comarca do interior com um jeito que tomaram, a princípio, como rústico e ingênuo. Todo mundo reparou em Paulinho desde que ele chegara à repartição – perdeu-se de vista quando – desajeitado, gago, tímido, com olhar sempre para o chão e recém-empossado no cargo de escrevente técnico judiciário com os sonhos abandonados em nome da estabilidade. Cibele reparou em muitos homens desde que chegara à repartição, havia poucos meses, transferida de uma comarca do interior depois de ter dado para o marido da sua então chefe, maliciosa, furbesca e dissimulada. Cibele demorou para reparar em Paulinho e só o fez quando percebeu que era o único sujeito no cartório que não havia manifestado algum interesse nela. Não demorou a compreender que o problema não era com ela, ao contrário; fez o que fez, contudo, para não passar em branco com ninguém. Alexandre, por fim, reparou que Cibele reparara em Paulinho e se aproximou dele para tentar compreender o que raios ele tinha feito para conseguir tal feito. E descobriu muito mais. Descobriu coisas que Paulinho guardara para si pela vida toda. E virou a vida de Paulinho de cabeça para baixo ao espalhar os segredos do sujeito para todos os colegas.

Só que antes de espalhar os segredos do sujeito para todos os colegas, Alexandre teve que se mostrar amigo de Paulinho, porque, apesar de bobo, Paulinho não conspirava contra si próprio nem procurava sarna para se coçar. Não chegaria, de um dia para o outro, predisposto a contar detalhes da sua [ausência de] vida sexual. E o objetivo de Alexandre nem era ouvir, de um dia para o outro, detalhes da [ausência de] vida sexual de Paulinho nem espalhá-los aos colegas, e sim descobrir que raios Paulinho havia feito para que Cibele pusesse reparo nele. Tampouco espalhou aos colegas os detalhes da [ausência de] vida sexual de Paulinho por maldade gratuita. Egoísmo sim, todavia um egoísmo legítimo e bem fundamentado, ainda que injusto. Paulinho não tinha nada que ter bebido demais se acabaria falando besteira. Não tinha nada que ter bebido demais, falado besteira e xingado a todos. Não tinha nada que ter bebido demais, falado besteira, xingado a todos e ainda chorado feito maricas implorando a Alexandre que tudo voltasse a ser como antes – não antes de se tornarem, ainda que só na cabeça de Paulinho, grandes amigos, mas antes de essa amizade ter se revelado falsa. E, para Alexandre, Paulinho ter bebido demais, falado besteira, xingado a todos e chorado feito maricas implorando a Alexandre que tudo voltasse a ser como antes significou ele próprio virar alvo de chacota pelos outros colegas – "Olha o namoradinho confidente do Paulinho aí, minha gente". E virar alvo de chacota era a única coisa com a qual ele não sabia lidar.

Alexandre, não sabendo lidar com a situação, deu um jeito: as coisas só estariam de novo em seu devido lugar se ele voltasse a ser o predador do pedaço. Só que não bastava ser como antes. Nada resolveria apenas caçoar do sotaque, do andar, da gagueira, das rodelas de suor nas axilas de Paulinho nem de nada que já fosse de conhecimento geral. Essas táticas falharam nos meses que antecederam o dia em que Paulinho ia se matar, e Alexandre conseguiu apenas que Paulinho, deprimido, perdesse mais de dez quilos. Nas primeiras horas da manhã do dia em que Paulinho ia se matar, no entanto, recorreu à artilharia pesada e tudo voltou ao normal.

Cartorários e oficiais de justiça gargalhavam e gargalhavam, e reerigiam Alexandre ao posto de macho alfa da 15ª circuncisão de ofícios da Fazenda Pública. E Paulinho, que só era bom mesmo em matemática, repetia e repetia a subtração entre vantagens e desvantagens de estar vivo, tentando chegar a um resultado diferente. Mas como havia de chegar? Virou à esquerda em direção aos carros, foi salvo por Fátima, largou o sapato no meio da rua, passou seis meses na ala psiquiátrica do hospital do servidor público estadual e continua a colecionar desvantagens. Só que nem todo dia é dia em que Paulinho resolve se matar.

A VELHA DA BANCA

* * *

"[...] levavam uma vida pacata. Tinham ainda em comum um grande interesse por todas as formas de jogo a dinheiro. Costumavam fazer apostas, entre eles, em jogos de cartas, jogos de futebol, corridas de cavalos, corridas de automóvel, concursos de misses, em tudo que fosse aleatório."

RUBEM FONSECA, *O jogo do morto*

PEDRO, PORTEIRO; Gomes, advogado; Wilson, professor; e Carioca, analista de sistemas. Os quatro se encontram todo fim de tarde no mesmo copo-sujo que parece ter parado no tempo, com seu balcão de compensado amarelo e seus azulejos encardidos.

O primeiro a se sentar é Pedro. Trabalha na portaria de um edifício residencial na Avenida Paulista, das nove às cinco. Cinco e vinte, pede a primeira garrafa. Toma sem pressa e até deixa a bebida esquentar. Sabe que Wilson chegará pouco antes das seis e pedirá a segunda cerveja para dividirem.

Wilson dá aulas de física na Escola Estadual Rodrigues Alves. Não se despede da classe, não tira o jaleco; apenas solta o apagador e o giz no canto da lousa assim que a sineta toca às cinco e vinte e cinco. Tampouco passa pela sala dos professores para fazer social, como seus colegas. Caminha pela avenida com as mãos no bolso e o queixo no peito, feito um autômato programado para chegar ao destino. Todos os dias ele tem a mesma dúvida.

Os amigos, seus únicos, estarão no bar? Se alivia quando avista, da praça, o porteiro sentado junto ao balcão. Menos um dia de angústia. Eles são tudo que Wilson tem.

Carioca trocou Cartola por Adoniran faz três anos. Sente falta da Lapa, do Mengo e da praia. Largou o cargo subalterno na Barra para assumir um de gerência na subsidiária paulistana da mesma empresa: o salário maior compensa a saudade do mar. Com muito jeito, adotou o Corinthians, o choro e a Vila Madalena. A única exigência feita por ele disse respeito ao seu horário de saída de trabalho, que, em hipótese alguma, ultrapassaria seis da tarde. É o terceiro – nas sextas-feiras, o segundo – a chegar ao bar, falante, risonho, sempre com uma história nova.

Quando consegue sair do escritório, Gomes é o último a se juntar ao grupo, sempre engasgado com os prazos. Senta à mesa com o sol já posto, mesmo em tempos de horário de verão. Os amigos já beberam meia dúzia de garrafas e se interessam muito mais pelas histórias de Carioca do que pelas suas angústias, lamúrias e reclamações. Então cala. Mesmo ele prefere os causos aos próprios problemas. São uma suave distração, mesmo quando não passam das histórias de galanteio repetidas toda semana, sempre com a inclusão de um novo detalhe tão sórdido quanto inverossímil.

A história do dia, contudo, não trata das curvas de belas mulheres, dos feitos com carros velozes ou das lembranças de um carnaval passado. Carioca fala mesmo, com certa apreensão, é da velhota que tem uma banca de revistas pornográficas numa travessa da Brigadeiro Luis Antônio. Nada de absurdo, todos concordam, no entanto Carioca nega que se trate de uma banca normal:

– Sempre achei que fosse uma banca qualquer, com uma velha fazendo tricô enquanto esperava por clientes. Percebi, por acaso, se tratar de uma banca com essa especialidade: a pornografia. Passo em frente do local todos os dias, a caminho do trabalho. Tentei comprar jornal umas três ou quatro vezes, mas nunca tinha *O Globo*. Na última tentativa, reparei num camarada pedindo uma revista pornô e ela vendeu numa boa.

– E qual o problema com isso, Carioca? – retruca Pedro – Não tem revista de mulher pelada no Rio de Janeiro? Não conhecia esse teu lado puritano.

– Não é isso, rapá! A história fica boa. Quando que eu desapontei vocês? Voltando um dia pra casa resolvi pedir uma revista, cês sabem, daquelas bem boas. E não é que a velha falou, na caruda, que não vendia revista de mulher pelada?

– Vai ver que ela te tirou pra veado, Carioca!

E todos riem.

Carioca corta a graça. Não suporta ser interrompido. Explica que só tem revista de artesanato à vista na banca, contudo apenas marmanjo frequenta o lugar. Um povo estranho, que trata a mulher na camaradagem. E eles não têm o menor jeito de aficionados por corte e costura.

A história parece interessante e os amigos começam a se provocar. Ainda que Carioca fosse o mais espalhafatoso e parecesse o comediante do grupo para quem visse de fora, os amigos consideravam Pedro o dono das melhores tiradas. E, entre as provocações, o porteiro sempre convidava seus amigos para apostas. É assim que Wilson, o mais quieto dos quatro, é alçado a um papel mais ativo na conversa:

– Aposto dez mangos que você não tem coragem de pedir uma revista de sacanagem na banca da velha, Wilson.

– Pedir, eu até peço. E se a velha disser que não tem?

– Aí você não ganha nada – retruca Pedro de bate-pronto.

– O apostado foi o pedido, não a revista – intervém Gomes, conciliador.

– Ele tem razão – opina Carioca – Falou, tá falado. Presta atenção na próxima vez.

– Então vamos esperar a banca abrir amanhã cedo para passarmos a lide a limpo – brincou Gomes.

Carioca sorri e explica que não seria preciso esperar. A estranha banca ficava aberta até as dez.

Pagam a conta e saem falando alto.

* * *

Na rua da banca, notam um rapaz de uns quinze anos recebendo um pacote. Trocam olhares e concluem em silêncio que o jovem não tem perfil de artesão amador. Carioca se mostra orgulhoso por ter provado seu ponto. Pedro dá tapinhas em suas costas.

Meio bêbados, ensaiam a fala. Fica combinado que o advogado acompanharia o professor a fim de fiscalizar o cumprimento da aposta.

Então Wilson e Gomes se aproximam da banca. A descrição feita por Carioca era perfeita: nenhum sinal de revistas pornográficas, apenas publicações artesanais à vista.

Gomes tenta identificar alguma lógica. Cogita que a velha possa ter algum pudor. Não pegaria bem para ela receber a visita de um netinho em meio a revistas adultas. As várias cervejas entorpecem Wilson, que nem pensa muito para falar. Com a coragem dos ébrios, ainda que gaguejando como sempre, profere o combinado:

– T-t-tem a revista *Lolitas* do mês?

Gomes segura o riso, mas deixa um ligeiro ruído escapar entre os dentes. Carioca e Pedro gargalham distantes, imaginando o desespero do professor de física. A dona da banca encara bem os dois, responde um ríspido *não* e volta os olhos para baixo de novo.

O advogado fica intrigado. A aposta foi ganha, mas a situação não ficou esclarecida. De improviso, indaga se ela tinha qualquer revista que não fosse de artesanato.

Ouve outra negativa, sem espaço para contestação. A resposta firme os inibe de prosseguirem com mais perguntas. Contudo continuam a observar o interior da banca, ainda que sem saber direito o que buscar.

Da esquina oposta àquela de onde os outros dois amigos os aguardam, um leão-de-chácara caminha a passos largos. Chega mais perto e questiona à mulher se estavam sendo inconvenientes. Ela apenas concorda com a cabeça e o brutamonte só precisa de um olhar para que os boêmios partam em disparada.

Quando chegam à esquina, os outros dois já estão longe, descendo apressados a Brigadeiro rumo ao centro.

O grupo só volta a se unir no meio do quarteirão seguinte. Recuperam o fôlego e passam a discutir a continuidade da noite que mal havia começado. Já que estão mais perto do Centro, concluem que não compensaria voltar ao bar amarelo e decidem que deveriam encontrar um boteco qualquer com cerveja barata na região onde estavam.

Entram no primeiro que avistam. Pedem uma garrafa e começam a teorizar sobre o bizarro episódio.

Pedro tem certeza de tudo não passar de fantasia, um mal-entendido. Não havia pornô algum, apenas uma velhinha vendendo publicações especializadas em artesanato. Eles viram com os próprios olhos que as revistas pornográficas não existiam. O rapaz deve ter ido comprar alguma revista para a mãe, ou ele mesmo se interessava pelo assunto. Sem grandes dramas.

Carioca bate o pé e diz ter certeza do que vira no outro dia, porém não apresenta explicação plausível. Enrola, enrola e acaba enrolado. No final da sua fala nem mesmo ele entende o que disse. De todo modo, reafirma com convicção o que tinha dito antes e garante que os eventos recentes só serviram para deixá-lo mais curioso ainda.

Gomes insiste em sua teoria original, que envolvia pudor e netinhos, mas é posto numa sinuca de bico. Qual o motivo da velha ter se recusado a vender pornografia quando requisitada por adultos anônimos? De qualquer forma, depois de ver o próprio Carioca se engasgar com a história, Pedro dá o caso por encerrado e sugere outro assunto.

Wilson também tem sua hipótese, mas a sua vergonha o impede de revelar e, silente, é tragado pela conversa sobre samba.

Bebem mais, falam de futebol, mulher, política e, quando menos esperam, voltam ao assunto da velhinha. Era um escândalo igualável à corrupção o que ela fazia, negando o acesso à pornografia barata. A conclusão era de Carioca, que estoura a paciência dos outros três.

* * *

Já passam das nove e meia. Gomes e Pedro entregam o dinheiro correspondente à sua parte da conta e seguem o caminho de casa. Wilson, a contragosto, acaba por ceder aos apelos de Carioca para que investigassem o caso mais a fundo.

A ideia era que esperassem a banca fechar e seguissem a velha. Até Wilson, que nunca discordava de nada, considerou o plano estúpido, ainda que não tenha dado alternativa, quem sabe, de uma cumplicidade mais íntima com Carioca.

* * *

Faltam dez minutos para as dez horas. Os dois amigos permanecem à espreita na mesma esquina de antes. Ouvem os ruídos daquilo que identificam como o fechamento da banca. Tornam a cabeça para a rua e, de fato, veem a senhora passando o cadeado na porta de ferro.

Banca fechada. A velha caminha acelerada e não nota os dois palermas. De tocaia, passam a perseguidores, mantendo, pelo menos, uma distância segura de dez passos largos.

Ela atravessa a Brigadeiro e dobra a primeira esquina à direita, adentrando no miolo da Bela Vista. Eles apressam a passada para não perdê-la de vista. Segundos depois, viram no mesmo entroncamento.

Um taco de madeira atinge a testa de Wilson.

* * *

Wilson abre os olhos sem saber por quanto tempo ficou desacordado. Está nu, com as mãos amarradas atrás do corpo, jogado num canto de um cômodo. Não há janela e a fraca iluminação não permite que o professor dê conta da dimensão diminuta do quarto: cerca de seis metros quadrados.

Ainda zonzo, tem medo, mas resolve não gritar. Se levanta e aproxima as costas da porta. Tenta encaixar a mão na maçaneta. Mesmo sem muita fé, não pode deixar de testá-la. E não é que estava destrancada? A porta é escancarada com o peso do corpo cambaleante de Wilson, que se lança ao solo dum cômodo muito mais amplo, repleto de desconhecidos, que, quando notam a nova presença, disparam seus flashes.

Acuado numa quina, vê alguns dos homens se aproximarem. Desesperado, se debate contra a parede. Olha ao redor. Repara nos detalhes do ambiente e acredita estar em algo como um set de filmagem.

Antes de ser recapturado, observa, por frações de segundo, um mascarado sodomizando um rapaz imobilizado, que, pela compleição física e trejeitos, tem certeza de que se trata de Carioca.

Desespera-se em vão.

* * *

Na segunda-feira seguinte, Pedro brinca que Gomes é, pela primeira vez, o segundo a chegar ao bar amarelo. Lamentam que os outros amigos abandonaram o barco, mas não perdem muito tempo com isso.

Pedem a terceira ou quarta cerveja.

Quando não era mais esperado, Carioca chega e se senta com eles. Dá uma desculpa convincente pelo atraso – o velório da ex-mulher dum colega do litoral – e pergunta por Wilson.

Ninguém sabe do amigo.

Libertação

* * *

"Assim Deus o abençoou e o recompensou e o enalteceu. Deus é o Generoso, o Oculto."

GUSTAV WEIL, *História dos dois que sonharam*

(Trad. Josely Viana Baptista)

SE ME OLHARES de perto, perceberás que me cruza a face direita uma cicatriz grosseira, fruto da desforra de um inimigo que não tardei a identificar, embora dormisse quando fora atingido. Decerto, o manejo da adaga com a sinistra não era aptidão comum em nossa horda e não ofereci ao único canhoto do quadrante a igual oportunidade de sair vivo. Como sequela do episódio, erro sozinho por outros arredores.

Ninguém me viu desembarcar do ônibus noturno no terminal urbano tampouco reparou na minha lúnula. Os pelos da face, endurecidos pela desídia, operam como disfarce, e a mistura do hálito pútrido com o odor impregnado na roupa desencoraja qualquer um de se aproximar.

Também me manteria distante se as posições fossem invertidas. Entre minhas muitas virtudes nunca estiveram caridade, empatia, solidariedade. Já muito pensei que estar nesta situação pudesse ser um castigo divino, por ter manipulado artes obscuras sem ter me atentado aos requisitos de iniciação que as alicerçam – tinha pressa. Contudo abandonei tal hipótese ao constatar a assimetria da sanção, não condizente com o previsto nos códigos e adágios que violei. Por mais que tergiversasse, acabei por admitir: apenas as minhas escolhas me trouxeram até aqui.

Esta noite tudo acaba.

A solução de minha sina veio, por um imenso acaso, nas linhas de um velho jornal abandonado no assento do transporte público. A coluna social apontava o retorno ao Brasil de um amigo de épocas longínquas, com quem não falava havia anos. Estava mudado, cabelos grisalhos, barba bem-feita, um tanto mais robusto, porém não tive dúvida: era ele.

Prosperou na exata medida em que eu me afundei. E aí não há como negar a vocação simétrica da reação cósmica. Não se trata de sorte, aquela besteira do burrinho que passa selado e é montado pelo sujeito perspicaz. Nesse caso, fui eu que preparei o nobre equino à cavalgadura e convidei o amigo.

Só espero que retribua o favor. Há coisas que não mudam e, pelo que bem conheço de sua atual posição, acordos de cavalheiros ainda não saíram de moda. Não por gratidão, compaixão, pena, esse monte de bobagem. Não preciso de nada disso. A rua deixa o ego tão calejado quando a sola do pé.

Quero só o faz-me rir. Não muito, mas, faça-me um favor, eu entendo tão bem quanto ele dessa profissão. Há razão para que se recuse a ajudar um velho parceiro – a quem deve muito! – nem que seja com um carguinho mequetrefe?

Torço muito para que preserve o endereço de outrora, já que e é para lá que rumo. Não há razão para que mude. É o Estado que o mantém, mesmo quando serve no exterior. Mas e depois? Tocarei, como quem não quer nada, sua campainha? Duvido muito que o meu apelo supere a barreira do porteiro. De outra forma, como o abordarei sem assustá-lo? Há tempo para pensar... Não tenho dúvida que se recordará de mim; mesmo que tenha mudado muito, ainda preservo o rosto que ele tanto encarou.

As vias do bairro são sinuosas e as calçadas, quase inexistentes. Na época de ouro, cheguei a conduzir (e ocultar) estudos que apontavam tais aspectos como indicativo de uma vizinhança adversa a transeuntes. O desenho dos logradouros desestimularia o seu uso como rota de escape ou de desvio, dificultando o trânsito de pessoas alheias à área, e a ausência de passeio seria um claro desencorajamento aos pedestres.

Sinto isso na pele.

Aonde vai o andarilho? O que faz por aqui?

É alta a chance de ser interpelado por algum vigilante ou que chamem a polícia antes que eu atinja meu objetivo. Então é preciso apertar o passo. Correr, não: chamaria mais atenção ainda. Andar depressa também é algo que se aprende nas ruas.

Depois de alguns minutos de caminhada ligeira por paisagens que já me foram tão familiares, enfim chego ao destino e ainda não decidi como proceder. Peço para interfonarem avisando que estou embaixo? Impossível! Qual a chance de levarem a sério um pedido meu? Resta uma alternativa: esperar que apareça por aqui – segundo o recorte de jornal, haveria um jantar em sua homenagem hoje –, torcendo, claro, para que minha presença não incomode ninguém a ponto de ser necessária uma intervenção.

Acomodo-me à sombra de uma figueira. É um dos únicos bairros da cidade em que é possível ver uma a céu aberto. Me recordo da velha fábula oriental que um cônsul da Alemanha me contou há anos. Um homem no Cairo cai no sono embaixo de uma figueira e sonha que encontrará uma fortuna na Pérsia; dirige-se até lá, enfrentando todos os tipos de percalços no trajeto de três mil quilômetros e, tão logo atinge seu objetivo, é preso por ter sido confundido com um ladrão; interrogado pelo juiz de Isfahan, resolve dizer a verdade sobre sua jornada, mas é repreendido pela autoridade, que considera sua empreitada tola e confidencia ter sonhado, ele próprio, com um tesouro enterrado embaixo de uma figueira no Egito sem ter feito nada a respeito; ao retornar para o lar, o viajante cava a terra que cerca a árvore de seu quintal e acha inúmeras riquezas escondidas.

Sorrio ao cogitar a reação que teriam se decidisse revolver o solo sobre o qual repouso. Sorrio ao perceber que uma limusine estaciona na porta do prédio de meu amigo. É coerente com o posto que ocupa. O chofer deixa o veículo ligado, mas toca a campainha, dizendo ao porteiro algo que não consigo ouvir. Retorna ao volante.

Me aproximo, sorrateiro. É imperioso ser breve e objetivo; é a última chance que tenho.

Reconheço-o no hall de entrada. É ele mesmo! Tudo conspira ao meu favor.

Quando invade a calçada, me acerco mais ainda e, com um gesto de constrição, imploro-lhe ajuda. É inócuo.

Passa por mim como se a minha figura nada lhe significasse.

Desespero-me.

Desembainho uma lâmina cunhada com meu martírio e embrenho-a em seu ventre.

Antes de meu velho amigo despencar lasso ao solo e de eu partir em disparada, nossos olhares chegam a se cruzar.

Ele compreende.

Reconhece-se.

Sigo fugindo.

A ÚLTIMA CABRA

* * *

"¡Oh, incompetencia! Nunca mis sueños saben engendrar la apetecida fiera. Aparece el tigre, eso sí, pero disecado y endeble, o con impuras variaciones de forma, o de un tamaño inadimisible, o harto fugaz, o tirano a perro o a pájaro."

JORGE LUIS BORGES, *Dreamtigers*

Não é a primeira vez que fujo dos tigres e estou bem satisfeita. Estamos sempre fugindo de algo e com os tigres ao menos me acostumei. Seus movimentos são previsíveis e, quando caçam solitários, não costuma ser um grande problema encurralá-los. Mesmo na estação em que a neve entulha-se nos pés do Sagarmatha, há pouco com o que se preocupar desde que fiquemos juntas.

No início, éramos vinte, mas quatro foram capturadas, o que torna tudo mais complicado, é verdade. Ainda assim sobreviver é possível, desde que sejamos perspicazes. Em vez de nos espalharmos por todo o planalto, concentramo-nos nos flancos do terreno, onde o relevo já teima em virar montanha. É mais seguro que seja assim. Aqui, no ventre calmo da cordilheira, temos a percepção de que somos intangíveis.

Os tigres insistem. Marcham entre nós, ostentando a juventude de suas garras, mas quase nada podem fazer quando estamos protegidas por nosso amo, um homem sábio que veio do leste e de quem quase mais nada sabemos.

Ele exerce sobre nós um fascínio tão incondicional quanto incompreensível. A devoção por nós dispensada é típica daqueles que precisam se ancorar no divino para se salvar. Abrimos mão do livre-arbítrio em troca de que sua mão calejada nos conduza pelas linhas que julgar corretas.

Seu poder, contudo, não é ilimitado. Como todo ser sagrado, ele tem como antagonista um demônio cuja potência é à dele equiparada e aproveita cada brecha para tentar o derradeiro bote. Se outra de nós for desgarrada do rebanho, o equilíbrio das forças que regem o universo desde sua origem será rompido, restando apenas devastação aos herdeiros do derrotado.

Então oramos.

Oramos para que os olhos do nosso amo permaneçam abertos, para que mantenha seu cajado firme na mão direita, que não demore no interior do templo, trace bem os nossos movimentos, antecipe a investida dos felinos e nos garanta sobrevida.

Contudo sentimos que suas forças estão chegando ao fim.

Quando o principal portal de notícias da colônia coreana no Brasil noticiou a morte de Dong Park-Il Koo e retirou a informação do ar alguns minutos depois, meu mundo se despedaçou. Há alguns meses cadastrara seu nome num rastreador on-line vinculado aos principais indexadores de conteúdo da internet com a finalidade de obter, quase que de imediato, quaisquer informações a seu respeito que fossem disponibilizadas. Foi o tiro derradeiro, depois de gastar meus cartuchos varrendo todo o Bom Retiro, batendo em todas as portas, procurando-o por todos os locais em que imaginei que pudesse frequentar ou se esconder. Nunca soube de parentes nem de amigos próximos, não há registro de sua entrada no país e seu nome não é citado em nenhum banco de dados que consultei.

Num primeiro momento, considerei que a queda do necrológio – que, ao menos, consegui imprimir – tivesse a ver com um problema ordinário no servidor do site. Depois, talvez experimentando o que chamam de fase da negação do luto, cogitei se tratar de erro manifesto. Por fim, quando restauraram o link, mas substituíram o obituário por um desafio de bagha-chall, tive certeza do que se passava.

Fechei a tela do meu notebook, peguei a folha impressa, saquei um casaco do mancebo e bati a porta sem trancar. Venci os três lances de escada do meu prédio com rapidez incomum. Não tinha certeza para quê, mas desconfiava que estava de alguma forma atrasado e só fui me dar conta de que não sabia para onde ir quando tive que escolher entre direita e esquerda. De algum lugar lá fora, Dong estava me chamando a atenção. Fora de perigo, deveras; se não, não conseguiria me enviar tão complexo sinal.

Uma coisa era certa: não podia estar em seu antigo apartamento na rua Guarani. Na última onda do que chamam de revitalização do bairro, derrubaram todas as construções septuagenárias do quarteirão em que morava para erguer um espigão brega.

Sentei resignado nos degraus da entrada com a nota de falecimento[1] – que, ao final, me deu a resposta sobre meu próximo destino – na mão e, enfim, conheci detalhes da vida do sujeito com quem convivi por meses e de quem nunca soube nada além do nome, da preferência por infusões com cardamomo e noz-moscada e da habilidade inata em jogos de tabuleiro assimétricos.

1. Dong Park-Il Koo nasceu em 1921, durante a ocupação japonesa na Coréia. Quarto filho de a união entre Dong Hyun-joo e Park Il-young, foi educado seguindo as tradições da província de Chungcheong. Aos 18 anos, ingressou na universidade de Yonsei, onde se graduou em linguística com as melhores notas da turma. Quando estourou a guerra, estava no Nepal, vivendo com pastores de cabras à beira do Himalaia, a pesquisar as origens do idioma local, e decidiu abrir mão da bolsa de estudos oferecida pelo Estado e não mais regressar à terra natal. Cruzou, então, a fronteira para a Índia, estabelecendo-se durante uma temporada em Goa, oportunidade em que teve os primeiros contatos com a língua portuguesa, cuja sonoridade o encantou. De lá, partiu para o Brasil na década de 1970 graças a um convênio informal firmado por professores universitários dos dois países. Aqui, ajudou a fundar o departamento de línguas orientais da Universidade de São Paulo, onde lecionou por poucos anos. Após ser reprovado no concurso de professor titular com uma tese que relacionava as raízes do idioma nepali com as estatísticas do tradicional jogo de tabuleiro bagha-chall, requereu a aposentadoria e viveu enclausurado no seu apartamento no Bom Retiro, cercado por ervas e livros. Morreu no último dia 12, de causas não divulgadas. O velório ocorrerá às 20h na sala da Congregação da Faculdade de Filosofia, Letras e Ciências Humanas da Universidade de São Paulo (Rua do Lago, 717, Cidade Universitária), de onde sairá o cortejo para o Cemitério da Vila Alpina (Endereço: Av. Francisco Falconi, 837 - Vila Alpina, São Paulo – SP, 03227-000, Telefone: (11) 2341-1131), local da cerimônia de cremação reservada a familiares.

* * *

Na linha 701U-10 para a USP, rememorei a dinâmica dos nossos encontros.

Conheci Dong por acaso, numa tarde cinza de um julho mais quente que a média, na época mais aguda da depressão. O psiquiatra da repartição havia me licenciado do trabalho e eu precisava me distrair para não enlouquecer ainda mais. Preenchi minha rotina com pequenas tarefas domésticas e a do dia de então era afiar todas as facas, tesouras e alicates que possuía. Mendel, meu vizinho de porta, me recomendou um lugarzinho num prédio de quatro andares a alguns quarteirões de casa. Errei o endereço por vinte metros e acabei tocando a campainha de Dong, que esperava há horas por uma visita que nunca chegou.

Com tabuleiro à mesa e bule de chá no fogão, me convidou para entrar. Tentei recusar, explicar-lhe o equívoco, mas não teve jeito. Mal deixou que eu abrisse a boca e, sem espaço para réplica, ordenou que eu jogasse com o ataque.

Àquela altura, já me perguntava o que se passava com aquele senhor baixinho de longa barba branca, bata alaranjada combinando com o turbante, óculos meia-lua e um terceiro-olho na testa. Não fosse pelos olhos puxados e pelo tom da pele, que apontavam para o extremo oriente, teria certeza de que se sua origem era o subcontinente indiano.

Tinha tanto para questionar, mas não havia tempo para dúvidas existenciais. A única explicação que recebi disse respeito às regras do jogo.

* * *

Não foi a primeira vez, é bem verdade, que me deparei com um veículo de imprensa noticiando o que eu acreditava ser uma pista de seu paradeiro. Há alguns dias, lia as manchetes em uma banca de jornal quando cruzei o olhar com uma fotografia de um ancião oriental paramentado de vestes indianas estampada na primeira página de um semanário coreano. Com o coração em disparada – tinha certeza que o conhecia o sujeito retratado – perguntei ao jornaleiro sobre o que dizia a legenda em português. A contragosto ("Vai comprar ou só perguntar?"), me contou que se tratava de uma foto reproduzida de forma exaustiva nos últimos meses. Ela retratava um bilionário coreano no casamento da filha com um marajá de Bangalore e era o símbolo de um escândalo de corrupção envolvendo um conglomerado baseado em Seul e o ministro da indústria indiano.

* * *

Fora do horário de pico, o ônibus demorou pouco mais de 40 minutos para percorrer um trajeto com o qual eu estava acostumado a gastar o dobro de tempo quando estava na graduação – sabia de cor a ordem das lojas de lustres da Rua da Consolação de tanto tempo perdido no transporte público.

Enquanto caminhava entre os carros estacionados no bolsão cercado pelos prédios da Faculdade de Filosofia, me dei conta de que nunca havia visitado as instalações da administração, apesar de ter frequentado o curso de História por quase dez anos, antes de ser jubilado. Tentei me lembrar dos meus professores, dos nomes das salas, da bibliografia dos cursos. Desviei o foco de tudo para que meu cérebro não se concentrasse no que poderia me aguardar na sala indicada no convite fúnebre.

Se parti de casa com a certeza de que Dong estava vivo e mandando um recado, tal convicção foi se esvaindo quanto mais perto do nosso encontro eu chegava. Quando venci a porta da sala indicada, apertei firmes as pálpebras para evitar me deparar com um caixão e, assim que tive coragem de abrir os olhos, avistei Dong à minha espera.

Seu semblante era mais calmo do que nunca, apesar da fisionomia cansada. Estava paciente e se mostrou satisfeito porque eu não me atrasava como era de costume. Em uma mesa coberta por uma toalha de linho, Dong não tardou a abrir o tabuleiro. Ele nunca foi de explicações, então não o questionei enquanto murmurava "onde é que paramos? Sim sim sim sim. Esta peça encurralada aqui, este espaço perfeito na terceira casa, quatro pedrinhas da defesa fora de jogo."

Pouco a pouco foi desenhada a imagem que eu já conhecia: o desafio que substituiu o obituário falso.

– Bom, acho que você teve muito tempo para pensar, não é?

Tive.

Compreendi, então, que não conhecia o jogo montado apenas há horas, senão há meses. A imagem recente não passava da reprodução do último embate que tivemos, o único que foi interrompido.

Eu jogava no ataque, como sempre, e estava prestes a derrotar meu adversário contumaz, que, contudo, não se dava por vencido.

A primeira impressão que tive quando Dong não mais atendeu a campainha foi a de mau perdedor. Eu só serviria para ser seu adversário quando não passava de mero *sparring*.

* * *

Apesar da percepção de que meus dias estavam menos melancólicos, o psiquiatra, a quem tinha que visitar toda semana para manter meu emprego, diagnosticou uma crescente piora em minha situação na medida em que mais me aproximava de Dong. Segundo seus exames, uma internação seria recomendada caso demonstrasse um quadro pouco mais grave que o de então. Abandoná-lo era a única alternativa a passar, quem sabe, o resto de meus dias em um hospício. Resolvi abandonar o médico.

Seguir uma rotina cada vez mais metódica, e o bagha-chall ocupava parte essencial dela, me acalmava mais que qualquer tarja-preta. E não apenas movia minhas peças no tabuleiro durante nossos enfrentamentos, como também, em casa, me pegava pensando por horas em novos movimentos e alternativas para capturar as pedras adversárias.

Então comecei a lembrar do jogo mesmo dormindo. A princípio, eram sonhos esporádicos e eu não era capaz de identificar qualquer padrão que os aproximassem. Não representavam, tampouco, motivo para grandes preocupações. Quando convidado por amigos ricos para participar de mesas de carteado na Hebraica, por exemplo, era comum que sonhasse com copas e valetes.

Mas, quando minhas noites de sono foram monopolizadas pelos animais representados no jogo, me lembrei do psiquiatra. E eu era capaz de jurar que sentia a essência dos bichos na natureza, como se, em outro plano, uma grande disputa ocorresse ao mesmo tempo em que controlávamos nossos peões no Bom Retiro.

* * *

Parecia mentira que o reencontrava tão fácil agora. Cheguei a procurá-lo por dias a fio. Entrei em cada mercearia, confecção e restaurante administrado por coreanos no bairro. Minha busca não era sempre bem vista e jamais rendeu fruto algum. Achei que o havia visto certa vez no fim de um corredor no *Lombroso Fashion Mall* e tentei seguir seu rastro pela linha do trem. Noutra oportunidade, segui um sujeito com paramentos pitorescos pelo antigo centro cultural judaico da Rua Três Rios, só para ser informado de que se ensaiava uma peça no teatro abandonado no subsolo. Nunca, contudo, considerei ter chegado tão perto dele quanto na vez em que notei da janela uma procissão passando na porta de casa. Senhores orientais levavam andores com imagens tradicionais e uma delas se assemelhava à luta de um tigre contra uma cabra. Do alto da minha sala, tive certeza que um dos carregadores era Dong e desci destrambelhado as escadas. Lá embaixo, me esgueirei pela multidão e alcancei seu ombro, todavia me deparei com um rosto estranho.

* * *

– Você se lembra das nossas regras? – surpreendeu-me.

– É claro.

Não havia como esquecer, era tudo muito simples, como ele mesmo sempre me disse: o bagha-chall consiste na batalha assimétrica em que os dois oponentes controlam ou quatro tigres ou vinte cabras em um tabuleiro quadrado de vinte e cinco casas. Ambos são movimentados em linha, um espaço por vez. Os felinos já começam em jogo posicionados nos vértices e, em número menor, devem capturar os caprinos, saltando por cima deles até uma casa livre, apenas um por vez e sempre que for possível. As presas, ao seu turno, começam fora do ringue e nele são colocadas uma a uma. Quando estão todas em jogo, inicia-se a segunda etapa, e se movimentam com o objetivo de encurralar seus predadores, até que estes não se movam mais. Os tigres ganham quando comem cinco cabras. As cabras, quando bloqueiam qualquer movimento dos tigres.

– Eu não sei se sou capaz de acreditar – e me contemplou lacônico.

– Como as esqueceria? Jogamos juntos por tanto tempo e, desde que você desapareceu, volto ao nosso jogo todos os dias.

– E não consegue resolvê-lo, suponho...

– É, de fato, uma saída muito complicada, mas me preocupei mais em reencontrá-lo do que em vencê-lo.

– Mais um sinal de que se esqueceu das regras.

– Isso é um teste? Você quer que eu explique os movimentos básicos ou as estratégias de ataque e defesa? Já disse que me lembro das regras!

– Das *nossas* regras, não das do jogo, meu caro.

Não consegui decifrá-lo.

Dong coçava a barba, mais curta do que a com estava acostumado, e circunvagava pela sala. Encarava o tabuleiro, depois movia os olhos por mim. Por fim, me encarou com olhar cândido e prosseguiu:

– Consegui reservar *esta* sala *neste* horário com a diretoria da FFLCH, trouxe até um tabuleiro de bagha-chall, para ver se assim nosso encontro possa surtir algum efeito em você, mas, pelo jeito, vai ser mais difícil do que eu imaginava.

Não compreendia aonde meu parceiro pretendia me levar, então propus que começássemos – ou, melhor, continuássemos – o embate.

– Você não se recorda mesmo, não é?

– Do que você está falando, camarada?

– Das regras. As regras que combinamos. Você se comprometeu a me visitar toda semana, mas quando seu quadro se agravou, você se negou a continuar, sem mais nem menos. Vejo que isso tudo o assusta, é normal, mas tente se lembrar daquilo que o trouxe até aqui.

– Oras! Foi justo a sua brincadeira, cada vez menos engraçada, de que estaria morto!

– Eu não costumo brincar quando falo com você. Seria antiético. Mas, sim, você tem certa razão quando diz que é graças ao obituário que estamos aqui.

– Viu só? Você admite que se fez de morto para me atrair até aqui?

– Eu não disse isso. E já que estamos falando sobre o obituário, você poderia fazer a gentileza de olhar a data da morte que consta nele?

– 10 de abril de 2017.

– Agora você poderia olhar a data que consta no seu celular?

– 30 de novembro de 2017. Calma...

– Continua fazendo sentido a sua tese da morte forjada para que você fosse atraído até aqui seis meses depois?

– Calma calma. Eu não vi a data quando imprimi o arquivo hoje. Ele ficou apenas alguns minutos disponível no site. Quando menos me dei conta, foi substituído pelo desafio.

– E você se lembra *mesmo* de ter imprimido a página? Se lembra de levantar da cadeira e de buscar a folha na impressora?

– Pra falar a verdade não, mas é comum se esquecer de detalhes pouco importantes de movimentos automáticos.

– Certo. E essas dobras. Você acha que uma folha impressa há algumas horas teria marcas tão definidas?

– Você vai continuar com o interrogatório?

– Não se trata de um interrogatório. Se eu te explicar o que se passa, como já fiz algumas vezes, você não vai aceitar. É preciso que a conclusão parta de você. Bem, eu trouxe algo comigo também. Você reconhece esta fotografia?

– Como você sabe? Quando eu te procurava, me deparei com essa foto num jornal coreano. É um executivo corrupto, pelo que me falaram.

– Muito bem. Você me deu essa foto no nosso último encontro.

– Impossível! Quando eu conheci a imagem, você já havia desaparecido.

– Eu nunca desapareci. Você que desapareceu quando descobriu o bagha-chall.

– Você me apresentou o bagha-chall!

– Não. Você jogava desafios de bagha-chall que eram publicados num jornal coreano. Na primeira vez que você tocou no assunto comigo, estava transtornado e foi quando eu aumentei a sua medicação, providência ignorada por você.

– Cala a boca, Dong, você está me deixando confuso!

– Não há motivo para ficar tão agressivo. Mas vamos aproveitar que você citou esse nome. Será que posso te pedir outro favor? Eu trouxe o meu RG e queria que você lesse o que consta no documento.

– Não! Para com isso! Eu não vou ler porra nenhuma. Vou embora dessa merda.

– Você não quer ler porque sabe que não vai encontrar o que procura.

– Cala a boca!

– Você não quer ler porque sabe que não é Dong Park-Il Koo que vai constar como meu nome. Você está assim porque sabe que não existe nenhum Dong Park-Il Koo. Quer dizer, existiu um professor de letras chamado Dong Park-Il Koo, que foi velado nesta sala há seis meses e que, por coincidência, morava perto da sua casa e teve o obituário publicado no mesmo site em que você viu a fotografia do executivo coreano corrupto vestido com paramentos indianos tradicionais e em que pegava, para resolver, os desafios de bagha-chall – como esse, que reproduzi aqui e você nunca conseguiu resolver sem perder a última cabra.

– Eu não quero ouvir.

– Você precisa ouvir, Paulo, ou vai ser internado de novo. Se eu te diagnosticar mais uma vez como inapto, você vai passar mais do que seis meses na ala psiquiátrica.

Então me ajude. Então se ajude. Vamos juntos desfazer esse novelo.

– Eu não quero ouvir. EU NÃO QUERO OUVIR.

Não é a primeira vez que fujo dos tigres e estou bem satisfeita. Estamos sempre fugindo de algo e com os tigres ao menos me acostumei. Vejo nosso amo saindo do templo e seu semblante nos traz paz. Com sua mão calejada, faz um carinho na cabeça de cada uma de nós. Não sinto mais o bafo quente dos tigres perto de mim e isso costuma ser um bom sinal.

Algumas de nós já arriscam se apartar do bando como se o perigo tivesse sido afastado de forma definitiva pelas preces Daquele-que-tudo-pode. Sinto que elas têm razão. Nas fronteiras de nosso território vejo quatro corpos cujo contorno não está delineado o bastante a esta distância. Passo por um momento de apreensão – meu Deus, seriam tigres? – até que me alivio quando reconheço as nossas companheiras capturadas no passado regressando ao grupo. O equilíbrio das forças que regem o universo desde sua origem de fato foi rompido, mas em nosso favor. Somos, de novo, um só rebanho.

Esta obra foi composta em Electra e
impressa em papel pólen bold 90 g/m² para
Editora Reformatório em outubro de 2020.